Sabri Louatah

Safari

roman

Flammarion | Versilio

ISBN : 978-2-0804-6825-3

Je me promenais avec mon fils dans la serre tropicale de Lincoln Park, à Chicago où nous vivions, quand une tache noire est apparue au centre de mon champ de vision, me contraignant à ralentir pour chercher l'appui d'une rambarde. Je répondais machinalement, par des monosyllabes, aux interminables phrases interrogatives de mon petit garçon. Soudain, j'ai cessé d'entendre le son de sa voix. Mes mains affolées ne trouvaient plus sa tête nulle part. J'avais une très mauvaise vue, depuis assez longtemps pour me méfier de tout et soumettre Elliott, qui avait alors quatre ans, à une surveillance que beaucoup jugeaient excessive. Ils n'avaient pas tort mais j'avais tout autant raison, on n'a jamais fini, quand on ne voit rien, de surveiller ceux qu'on aime, or je n'aimais personne comme j'aimais Elliott. C'était le plus grand mystère de ma vie, à quel point je l'aimais. Je ne concevais pas de le perdre. Des visiteurs accouraient pour me porter secours. Leurs visages, mangés par la tache noire, m'ont prêté leurs yeux mais eux non plus ne voyaient rien, aucun enfant de quatre ans en parka jaune et bottes bleues aux alentours.

C'était l'hiver ; la première tempête de neige de la saison avait paralysé la ville, la rivière et le lac Michigan étaient gelés, les températures négatives en Fahrenheit. Je suffoquais dans la serre surchauffée, au milieu de cette jungle aberrante. En relevant la tête pour recouvrer la vue, il me semblait que la neige tombait à gros flocons dans la buée des vitres.

— Elliott, Elliott ! criaient les gens dans les allées.

Je voyais leurs bouches articuler le prénom de mon fils mais je ne les entendais pas. Je me suis effondré. Je ne sais pas combien de temps a duré cette perte de connaissance. Je me rappelle y avoir éprouvé une affreuse sensation de soulagement. Le pire avait fini par advenir, je n'avais plus à passer mon temps à le craindre. La tache noire grossissait, le monde visible ne serait bientôt plus rien, et c'est alors qu'une voix familière m'est parvenue aux oreilles ; plus que familière : c'était la voix de mon père, qui nous avait quittés vingt ans auparavant, et qui disait cette phrase dans ma langue maternelle, le français, que je n'avais plus jamais l'occasion d'entendre puisque ma femme était américaine et que j'avais choisi de ne pas l'enseigner à mon fils :

— Il faut être deux pour jouer à cache-cache !

J'ai d'abord cru que c'était lui, que c'était mon père. Je pense même avoir dit le mot *papa* avant de sentir des bras d'enfant, de mon enfant, qui m'enlaçaient le cou.

La tache s'est progressivement dissoute, me révélant le regard bleu d'Elliott et son museau froissé sur le côté, comme quand il savait qu'il avait dépassé les bornes.

La personne qui l'avait retrouvé avait au coin des lèvres un sourire qui me semblait sardonique mais qui ne l'était pas, pas plus que le pétillement dans l'œil d'un inconnu croisé à l'étranger et qui vous dévisage en vous suspectant d'être un compatriote. De fait, il avait entendu mon accent en anglais et pensait sans doute contribuer à m'apaiser en s'adressant à moi directement dans notre langue :

— Il avait réussi à se glisser là, dans le virage, a-t-il précisé pour prévenir une réprimande excessive de ma part.

Précaution inutile : je ne grondais jamais Elliott.

— Il faisait quoi ?

— Il souriait.

— Qu'est-ce que je t'ai dit et redit un million de fois, Elliott ?

Je n'aurais, pas plus que lui, su répondre à cette question. Je lui avais dit et redit tellement de choses un million de fois.

Son désarroi m'a fait de la peine. J'ai fermé les yeux pour embrasser sa nuque et me réinstaller doucement dans la réalité de notre vie d'avant la catastrophe, mais l'inconnu qui m'en avait sauvé continuait de parler et les battements de mon cœur se sont à nouveau emballés car sa voix ne ressemblait pas à celle de mon père, c'était *exactement* la voix de mon père, une voix que je n'avais plus entendue depuis deux décennies et qui resurgissait, intacte, dans la gorge de quelqu'un d'autre, il ne pouvait s'agir que de quelqu'un d'autre vu son âge, plus proche du mien que de celui qu'aurait eu mon père aujourd'hui.

Il portait une combinaison de sport North Face, aux pieds des New Balance trempées à cause de la neige. Il n'était pas blanc, mais je ne savais pas dire au premier coup d'œil ce qu'il était. Ses cheveux courts, noirs et brillants auraient pu coiffer la tête de n'importe qui ; il y avait quelque chose de l'Amérique centrale dans son profil, même si les traits de son visage à la peau mate, plus mate que la mienne, probablement noire, en vérité, évoquaient plutôt ceux d'un Afro-Caribéen. J'avais sans doute affaire à un super-métis qui serait ravi de me détailler le pourcentage de chacune de ses nationalités d'origine si je l'interrogeais, sauf que je ne songeais pas à lui poser la moindre question, j'étais sidéré, réduit au silence par le simple son de sa voix. Mon cas était, certes, particulier. Je consacrais une importante partie de mon activité mentale à ne surtout pas penser à mon père, disparu dans des circonstances mystérieuses, jamais élucidées, sorti faire son tiercé, un matin de janvier 2005, et n'étant jamais revenu. Or pour une fois ce n'était pas ma faute, pour une fois je n'avais pas replongé, cédé à la vieille impulsion, à l'appel du démon, et remis le nez dans les procès-verbaux des agents du pôle des affaires non élucidées, ou dans de fastidieux rapports d'enquêteurs privés qui n'avaient rien trouvé. Pour une fois c'est lui qui m'appelait et venait me chercher.

Comme mon père, son sosie vocal avait le débit de parole descendant des hommes qui détestent la couper aux autres. Ses voyelles ne trahissant aucune région d'origine, l'illusion ne se dissipait pas, la sensation de déjà-vu persistait au lieu de se briser au contact d'une syllabe prononcée de travers ou d'une diphtongue ratée. Son timbre et sa tonalité demeuraient absolument fidèles et identiques à mon souvenir de la voix de mon père, jusqu'au souffle à deux coups qui précédait certains de ses sourires. La qualité de mon ouïe, comme souvent chez les personnes à la limite de la malvoyance, était inversement proportionnelle à celle de mon sens le plus défaillant : je jouais de la musique, en amateur, je me rappelais des mélodies entendues trente ans plus tôt, identifiais systématiquement les propriétaires des voix de la radio, dès la première seconde. Je ne pouvais pas me tromper. Si je l'écoutais en fermant les yeux, je revoyais le menton de mon père, ses joues, le ravin particulier qu'y creusaient le temps et les cigarillos, le grain bleuté de sa peau brune, et sa crinière, frisée mais blanche, celle qu'il aurait, qu'il avait – s'il était encore en vie – puisqu'il l'était encore, je le sentais, comme je ne l'avais peut-être jamais senti auparavant.

Dans un balbutiement émerveillé, j'ai demandé à l'inconnu si cette voix était vraiment la sienne.

Il m'a regardé comme s'il ne comprenait pas ce que je voulais dire, comme si personne ne pouvait comprendre ce que je voulais dire. Le silence s'est prolongé. Il était sur le point de repartir, d'emporter avec lui l'énigme de sa voix d'outre-tombe.

— J'aimerais vous remercier, ai-je tenté en prenant le risque de gâcher ce beau moment que nous étions en train de vivre.

Je lui ai demandé un numéro de téléphone, une adresse mail, qu'on reste en contact…

Il s'est frappé le front en disant *yo*, ce qui m'a donné l'impression qu'il était nettement plus jeune que ce que je croyais et que j'aurais mieux fait de lui demander son snap ou ses réseaux sociaux. Il m'a répondu qu'il n'avait pas de téléphone.

— Je ne savais pas qu'il y avait encore des gens sans téléphone.

— Non, je veux dire en ce moment. C'est une histoire marrante, d'ailleurs, je courais le long du lac…

À sa façon de marquer une pause et de prendre son élan pour me livrer son anecdote, j'ai senti qu'il vivait aux États-Unis depuis au moins aussi longtemps que moi. Je me suis mis en pilote automatique, subjugué par les sons qui franchissaient ces lèvres étrangères, mais incapable de me concentrer sur ce qu'ils racontaient.

Il était de taille moyenne, mince, à l'aise dans son corps et gracieux malgré ses petits yeux éteints par la fatigue ou le souci d'éviter les miens, brûlant d'une ferveur inquisitrice. Quelqu'un que je n'aurais jamais remarqué dans la rue, le métro ou l'ascenseur, à moins que mon regard ne se soit par hasard attardé sur ses mains, lourdes de griffures et gonflées comme l'étaient celles de mon père à l'époque où il se levait aux aurores pour jeter du sel sur les routes givrées, après s'être fait virer de tous les emplois non qualifiés qu'on proposait aux hommes comme lui, sans qualification. En vérité, cette période d'activité au milieu d'une vie hantée par le chômage m'était aussi floue que sa pauvre silhouette à brassard fluorescent dans le blizzard. J'avais entendu une version alternative où il triait des produits surgelés dans un hangar frigorifique en périphérie de la grande ville la plus proche. Quelle que soit la raison de ses mains déformées, il ne s'en plaignait pas. Tous ceux qui l'avaient connu, dans mon lointain pays natal qui n'était pas le sien, s'accordaient sur un point : malgré son rapport compliqué au travail, mon père était quelqu'un de facile à vivre, c'est l'expression qui revenait toujours à son sujet.

Malheureusement, ce que nous avions si facilement vécu avec lui avait été tout aussi facilement effacé après sa disparition, et par elle. De notre passé commun, de cette forteresse de sable bâtie trop près du rivage, ma petite sœur et ma mère ne pouvaient rien me dire, rien me confirmer, la première à cause de son trop jeune âge, la seconde parce qu'elle avait interdit qu'on évoque l'existence de notre père à compter du jour où elle avait décidé, pour préserver sa santé mentale et la nôtre, qu'il ne s'était pas évaporé, qu'il n'avait pas été assassiné ou enlevé par des extraterrestres mais qu'il avait fui de manière délibérée, qu'il nous avait *abandonnés* pour refaire sa vie ailleurs, et qu'il fallait non seulement continuer sans lui, mais aussi détruire les traces de son existence parmi nous, vêtements, babioles, albums photo, cassettes audio, les vidéos de notre antique caméscope, y compris son alliance qu'il avait curieusement oubliée dans notre salle de bains avant de partir. Il ne me restait rien de mon père. L'image de ses doigts qui ne sentaient plus la morsure du froid flottait, délavée, dans le caniveau des souvenirs virtuels, et son visage devenait chaque année un peu plus vague que l'année précédente. Je savais de source sûre qu'il avait la passion du dessin, mais ma mère avait brûlé le contenu de son tiroir secret dans le buffet de la salle à manger, ses autoportraits, ses caricatures, ses croquis de notre insignifiante vie domestique, même les fioritures qu'il traçait au coin des factures et des relances d'huissiers en essayant de parlementer au téléphone. Tout devait disparaître et tout avait disparu. Sauf sa voix. Je m'en souvenais, de sa voix, la preuve : je l'entendais, pour de vrai, bien que ce qu'elle énonçait n'eût pour moi pas de sens : « Je m'appelle Gabriel », disait mystérieusement l'homme de cette voix, à quoi j'aurais peut-être osé répondre : « Non, je ne crois pas », s'il ne m'avait pas tendu sa grosse et pathétique paluche avant de me révéler avoir passé une heure à attendre son *date*, qui lui avait, de toute évidence, posé un lapin.

Nous avons échangé nos coordonnées et je l'ai regardé s'éloigner vers la sortie du bâtiment, d'un pas bonhomme et en même temps presque juvénile, il avait un peu cette façon de marcher des éternels adolescents rêvant de vous convaincre qu'ils vivent en autarcie et qu'ils n'ont pas besoin de votre validation, à vous et à votre monde d'hypocrites. Quand il avait fini par me donner son numéro de téléphone, en 312, un des indicatifs de Chicago, j'avais vu son regard se baisser, comme s'il était gêné de feindre son intention de me revoir. Qu'aurions-nous eu à nous dire de plus, en effet ?

Les jours suivants, il me semblait reconnaître sa silhouette partout, au supermarché, au détour de l'escalier de notre station de métro, California et Milwaukee, sur la Blue Line. Dans le centre-ville où nous nous promenions avec Elliott, je m'attendais à tout moment à ce que me fasse sursauter à nouveau sa voix, la voix de mon père, en retentissant dans mon dos, je ne l'imaginais jamais m'attaquer par le côté ou frontalement.

À chaque accalmie de la tempête de neige, nous allions marcher le long du lac Michigan. Emmitouflés dans des doudounes de cosmonaute, nous portions des lunettes de ski à verres cylindriques et ne nous arrêtions jamais plus de quinze secondes pour observer les blocs de glace qui s'entrechoquaient à la surface. Je m'interposais entre Elliott et le rebord du quai, craignant qu'une bourrasque ne nous envoie dans l'eau gelée du lac, ou qu'un fou – l'Amérique n'était-elle pas remplie de fous ? – ne franchisse les hautes murailles de neige amassée sur le bas-côté afin de s'en prendre à mon petit garçon. Depuis l'incident de la serre, je redoublais de vigilance, au point d'attacher nos deux combinaisons avec une corde d'alpiniste lorsque nous nous aventurions sur ce somptueux bout de banquise étalé au pied des gratte-ciel, citadelle de verre et de glace fumante que nous contournions en suivant toujours le même itinéraire à partir de North Avenue Beach. Une passerelle souterraine nous amenait de l'autre côté de Lake Shore Drive où les rues, inégalement déneigées, scintillaient sous un ciel de cristal. Les bulbes dorés d'églises orthodoxes flambaient entre les tours de verre et les bâtiments de briques rouges et brunes, et des cheminées de calibres divers fumaient, par courtes volutes que le froid fauchait avant qu'elles n'aient eu le temps de se déployer dans l'air. Aux abords du Loop, sur la dalle des fameuses tours en épi de maïs le long de la rivière, parmi les silhouettes de drogués titubant sur la chaussée il y avait souvent à cette époque un homme qui ne bougeait pas, à cause de son mollet nu, démesurément gonflé ; on aurait dit une patte d'éléphant greffée au bas d'une jambe humaine.

Je nous revois descendant Wabash Avenue un matin, jusqu'à la rivière engourdie dont les glaçons coulaient sous les mailles rouillées du pont de métal. Au loin, des camions en file indienne transportaient des tonnes de sel dans leurs bennes à ciel ouvert. Le métro aérien serpentait parmi les immenses bâtiments en crachant des gerbes de stalactites et d'étincelles sur la route où nous passions, en contrebas. Elliott levait son doigt ganté à chaque flambée. Pour fuir les décors trop familiers de Millenium Park et le haricot d'Anish Kapoor, nous avions emprunté des contre-allées et des ruelles où la neige n'avait pas encore été déblayée. Nous nous y enfoncions, sûrs de nos tenues imperméables, moi jusqu'à mi-cuisse, Elliott jusqu'à la poitrine, et nous progressions comme des chasse-neige humains, en imitant des bruits de machine, jusqu'à ce que nous tombions, au pied d'un escalier de secours, sur un gros rat à demi enterré dans la glace, les pattes avant fichées sur le garrot comme des piquets, son petit corps entièrement gelé, jusqu'à la pointe de ses vibrisses que la mort avait rendues bleues.

J'ai pris Elliott dans mes bras et nous avons rejoint l'artère principale. Quand je lui ai demandé ce qu'il ressentait, comme le faisait ma femme diplômée de psychologie à chaque fois qu'il avait un problème, il a éclaté en sanglots. Je n'aimais pas la manière dont son visage se froissait quand il pleurait. La lumière s'est mise à changer, le vent polaire soufflait à nouveau, chargé de lourds flocons qui remplissaient nos empreintes sur le trottoir dès qu'elles avaient été creusées. Bientôt nos pas faisaient grincer la neige fraîche et je n'entendais plus pleurer mon enfant trop sensible, mon fils qui me ressemblait trop. Nous nous sommes réfugiés sous l'auvent rose et jaune d'un Dunkin Donuts ouvert vingt-quatre heures sur vingt-quatre. Je lui ai offert un chocolat chaud et un donut et nous nous sommes installés au comptoir collé contre la vitre. Parmi les rares passants qui se tournaient vers le tableau que nous formions, effrangé de rameaux de givre, palpitant comme un souvenir inoubliable en train de naître, un homme s'est arrêté pour nous dévisager. Il portait une cagoule intégrale et des lunettes à visière qui dissimulaient son regard et son nez, mais ses poignets à la peau noire étaient à nu à cause de son gant trop court, et je sentais qu'il me connaissait, ou m'avait reconnu. Elliott n'osait plus même souffler sur son gobelet fumant. Tu sais qui c'est ? m'interrogeait-il sans dire un mot (c'était le genre d'intimité que nous avions). J'ai répondu à voix haute que j'avais une petite idée… Mais pas le temps de finir ma phrase : dès que j'ai décollé une fesse de mon tabouret haut, l'intrus a déguerpi, m'obligeant pour la deuxième fois en une semaine à demander à Elliott de ne pas mentionner ce que nous venions de vivre à table.

Ma mère passait quelques semaines chez nous cet hiver-là. Depuis la naissance d'Elliott, elle traversait l'océan deux fois par an pour nous rendre visite. Ma sœur, pilote chez British Airways, leur permettait de voyager pour presque rien, elle et Danilo, le maçon à la retraite dont elle partageait la vie depuis quinze ans mais que seule ma sœur avait jamais considéré et présenté comme son beau-père ; pour moi, malgré l'affection très réelle que je lui portais, il était et resterait toujours Danilo.

Ils occupaient la vaste chambre d'amis au deuxième et dernier étage de la maison que nous avions achetée à Logan Square, juste avant la hausse des taux d'intérêt, grâce, notamment, aux thrillers que j'avais publiés dans les années 2010. Ma femme Chelsea, psychothérapeute spécialisée dans les problèmes de couple, rejoignait tous les matins son cabinet du centre-ville à vélo, me laissant seul avec Elliott dont j'assurais l'éducation. Il n'avait jamais mis les pieds à la crèche à cause du Covid et nous avions préféré ne pas l'envoyer en maternelle. L'idée de le confier à d'autres adultes m'était pénible et je me sentais parfaitement capable de lui apprendre à lire et à compter. Ma mère ne comprenait pas ce choix. Elle et Chelsea s'entendaient très bien, au point de s'écrire tous les jours sur WhatsApp, en général au sujet de ce que je fabriquais avec Elliott, du temps anormal, selon ma mère, que je passais en sa compagnie. Ce flicage m'exaspérait mais je faisais mine de le prendre à la légère.

Chelsea, fidèle à son habitude, écoutait au lieu de préconiser. Elle jouait le *long game*.

La pratique de l'école à domicile était plus répandue de notre côté de l'Atlantique que de celui de ma mère. Là-bas, des mots comme *secte* et *endoctrinement religieux* venaient à l'esprit quand on apprenait que c'était moi et moi seul, le professeur d'Elliott.

— Les gens croient que tu es devenu super religieux, m'avait confié ma mère en arrivant à Chicago, et que c'est pour ça que tu ne veux pas scolariser notre trésor.

Quand elle partait à la pêche aux scoops avec ce genre de phrases, elle gonflait sa joue avec sa langue et faisait semblant d'avoir quelque chose d'autre à regarder que moi, un magazine qu'elle feuilletait à l'envers, en haussant les sourcils, comme si ma réaction lui importait moins que la mission dont elle s'était auto-investie de m'informer de ce que disaient *les gens*.

Ma mère désapprouvait mes choix de vie tout en les défendant mordicus en public, auprès de ces fameux *gens* qui n'étaient autres que ses six sœurs avec qui elle était en contact téléphonique quasi permanent. Pour couper court aux rumeurs, elle parlait de nous comme d'une famille *atypique*. Chelsea quittait le foyer pour travailler de neuf à dix-sept heures tandis que je m'occupais de notre enfant, de la cuisine et des tâches domestiques, en tout cas de celles qui ne nécessitaient pas 10/10 à chaque œil ; cette inversion des rôles traditionnels n'impressionnait personne dans le monde exclusivement libéral où nous évoluions mais ça continuait à *faire bizarre* pour ma mère, née dans les années 1960, de voir *monsieur* en tablier quand *madame* rentrait le soir, dans une maison où flottaient les arômes de plats mijotés et les effluves de lessive fraîche.

Chelsea et moi nous étions rencontrés à New York lors d'un vernissage dans la galerie où travaillait une amie, sur la 25e Rue. Nous avions passé la nuit, une chaude nuit d'été, à déambuler dans Manhattan en discutant. Parfois, je m'arrêtais pour regarder sa mâchoire de profil ; elle continuait de me contredire sur tel ou tel point en marchant, sans se rendre compte que plusieurs pas nous séparaient désormais.

Deux ans plus tard nous étions mariés et je la suivais à Chicago, d'où elle était originaire et où elle commençait alors à se constituer une patientèle. J'admirais Chelsea en plus de l'aimer. Elle était intensément raisonnable. J'enviais sa sagesse et le sang-froid dont elle faisait preuve en toutes circonstances. Nous ne nous disputions jamais ; comment se disputer avec votre partenaire quand elle est conseillère matrimoniale ? Un mariage qui fonctionne a besoin de querelles explicites, c'est en tout cas ce qu'elle répétait à ses clients et qu'elle avait redit à Elliott, ce jour où nous lui avions rendu visite à son bureau en fin de journée. Elliott s'était spontanément jeté sur son fauteuil pivotant, à la place du thérapeute, tandis que Chelsea et moi nous nous installions sur le divan des couples en crise. Le jeu de rôles avait fait long feu : nous n'avions rien trouvé à lui dire. Nous ne haussions jamais le ton et résolvions nos différends par le dialogue, la franchise et un certain culte commun que nous vouions à l'intelligence et à la rationalité.

— Tu te rends compte que tu as touché le jackpot avec Chelsea ? me disait souvent ma mère. Si j'étais toi, je remercierais le bon Dieu tous les jours d'être tombé sur une femme comme elle.

— Papa, c'est quoi, le bon Dieu ? avait fini par me demander Elliott à force d'entendre ma mère en parler.

Il comprenait ma langue maternelle mieux qu'il ne le laissait croire. Ma mère, de toute façon, était incapable de former une phrase correcte en anglais, ce qui ne l'empêchait pas de s'être fait plus d'amis dans notre quartier en quelques visites que moi qui y vivais à plein temps depuis plusieurs années. Elle était invraisemblablement bavarde, Chelsea disait qu'elle n'avait jamais connu d'être humain plus doué pour la communication. Elle mimait, grimaçait, dansait, sautait si c'était nécessaire ; elle réussissait toujours à se faire comprendre. Mamie Yaya, comme l'appelait Elliott, avait la peau basanée, de petits yeux remplis d'émotion couvés par une paire de sourcils trop expressifs, qu'elle épilait scrupuleusement. À cinquante-huit ans (elle m'avait eu à dix-huit ans), elle s'aspergeait de parfums sucrés et ne ratait aucune séance de Pilates pour ne pas devenir une de ces grands-mères ventripotentes dont elle disait du mal en se défendant de toute grossophobie, comme elle aurait fait valoir un meilleur ami asiatique pour démontrer qu'elle n'était pas raciste. Son profil busqué lui valait les moqueries de ma sœur qui la surnommait Geronimo. Aux États-Unis, comme elle se lissait les cheveux et les teignait en noir, on la prenait pour une Hispanique ou, en effet, une Native American. À force d'entendre qu'elle ressemblait à une Amérindienne, elle avait fini par y croire et s'était prise de passion pour le destin tragique de ces peuples et de cette civilisation réduite à néant ou presque par les colons européens.

— Les pauvres, tu sais combien de millions ils en ont tués ? Dis un chiffre ! Vas-y, dis ! Franchement quand tu vois ce qui leur est arrivé ça t'arrache le cœur… Ils en parlent pas, de ça, dans *Pocahontas* !

Elle faisait référence à la version de Disney.

Chelsea approuvait avec gravité ; elle n'hésitait pas à remettre une pièce dans le juke-box de ses indignations aléatoires. Chelsea avait appris le français à l'université et le parlait avec un fort accent mais quasiment sans fautes. Les banalités de ma mère sur tous les sujets, qu'il s'agisse de géopolitique ou de l'éducation des enfants, la dérangeaient moins que moi parce qu'elles étaient énoncées dans une langue où elle n'avait pas fini de se perfectionner. Elle démentait que ce fût la raison de son intérêt pour la conversation de ma mère et disait aimer sincèrement passer du temps avec elle, bien plus qu'avec ses propres parents, un couple de médecins qui ne supportaient pas les enfants en bas âge et déterminaient leur emploi du temps en fonction de leurs seules envies de boomers. Chaque année, nous allions chez eux pour Thanksgiving, dans leur manoir de verre high-tech perdu dans les forêts de l'État de New York.

Le fossé entre nos familles respectives aurait difficilement pu être plus large. Je n'avais jamais assisté à la moindre démonstration d'affection de la part des parents de Chelsea, entre eux ou envers leur fille unique. Au contraire, ma mère m'appelait encore *mon bébé* et me traitait comme tel, plus encore si je protestais. Pour se justifier elle citait, de travers, le film culte de notre enfance où un personnage prétend qu'on ne peut pas effacer les millions d'années d'instinct de chasse du tyrannosaure en lui offrant une petite chèvre sur un plateau. Ma mère disait biquette et vélociraptor, quel que soit le nombre de fois où je la corrigeais et même après lui avoir fait visionner l'extrait sur YouTube et sous mes yeux pour la confondre.

Elle avait des marottes moins amusantes, ou qui la mettaient dans des états comiques disons plus involontaires. Elle essayait, par exemple, de nous convaincre de monter la température au moins jusqu'à 24 degrés Celsius (que je devais traduire en 75 Fahrenheit pour Chelsea), quoi qu'en disaient les études américaines sur le sujet, elle n'était pas tranquille en pensant aux pieds d'Elliott en train de geler dans sa chambre, qu'elle qualifiait systématiquement de chambre froide.

Je me souviens de ces journées ensoleillées, de la chaleur de ces journées glaciales en compagnie de ma mère et de Danilo. Tandis que Chelsea réparait des mariages à la chaîne dans son corner office au milieu des gratte-ciel, je les laissais vaquer à leurs occupations en intérieur. Il faisait trop froid pour ma mère, déjà casanière en temps normal. Le soir, nous mangions tous ensemble, non pas dans la cuisine comme quand nous n'étions que trois, mais dans le salon du rez-de-chaussée, dont le bow-window donnait sur la terrasse en teck des voisins et sur notre propre jardin occupé par une famille de bonhommes de neige inspirée par la nôtre.

Nos avatars fondaient plus ou moins rapidement mais les dîners s'éternisaient. Ma mère, couche-tard, n'avait jamais fini de commenter les psychodrames et les trahisons de mes tantes ; à chaque fois qu'on la voyait elle s'était rabibochée avec celle de ses sœurs avec qui elle s'était disputée la fois précédente, sauf qu'entre-temps elle s'était mortellement fâchée avec une ancienne alliée, la plus sûre, et jurait qu'avec elle il n'y avait pas de réconciliation possible.

— Sept filles, c'est trop. C'est plus une famille, à ce niveau, c'est une expérience scientifique…

— De sciences politiques ?

— De psychiatrie ! Tu sais ce qu'elle m'a sorti, Zouzou, l'autre jour ?

Danilo savait. Il avait entendu au moins cinq versions différentes de ce que lui avait sorti Zouzou l'autre jour, toujours plus à l'avantage de ma mère qui était passée maître dans l'art de s'attribuer le meilleur rôle des anecdotes qu'elle racontait : l'innocence outragée, la vertu offensée, la bonté jamais récompensée, bien fait pour elle, trop bonne trop conne.

Peu disert, Danilo souriait en se laissant bercer par le flot de paroles de cette femme rencontrée quand il ne croyait plus l'amour possible, à l'automne de sa vie, et qui l'avait illuminée en y entrant. Son précédent mariage avait également été sans enfants, mais il avait aussi été sans joie. On pouvait dire ce qu'on voulait de mamie Yaya, tête de linotte égocentrique, charmante et cruelle comme semblent ne pouvoir l'être que les femmes du pourtour méditerranéen – moi-même j'avais des griefs profonds envers elle – mais elle apportait de l'animation, de l'imprévu dans les quotidiens les mieux ordonnés.

Elliott ne s'y trompait pas : il ne riait jamais aussi fort que quand sa mamie Yaya était à Chicago. Nous étions cérébraux, sa mère et moi, pas du genre à nous déhancher sur de la musique à plein tube. Ma mère choisissait des morceaux de disco, Boney M, les Bee Gees. Elle dansait avec des moulinets des bras. Parmi ses nombreux talents inutiles, elle produisait un yaourt extrêmement convaincant en anglais. Elliott en redemandait, il se roulait par terre quand elle prenait la télécommande et l'utilisait comme un micro.

Il était tout aussi fou de Danilo, son *avo*, dont la présence minérale et les talents de bricolage le fascinaient. C'était un Portugais classiquement moustachu mais étonnamment grand, presque 1,90 mètre. Il n'avait jamais perdu son accent. Il venait du même monde que nous, la classe ouvrière. Sa démarche était chaloupée, il maîtrisait mal sa grande carcasse endolorie. Comme mes oncles et mes tantes il s'était laissé démolir par le dur et honnête labeur auquel on l'avait enchaîné dès l'adolescence. Malgré ses incurables problèmes de dos, il jouait des heures durant aux petites voitures avec Elliott. Il n'hésitait pas à lui mettre un marteau d'adulte entre les mains, pour le guider dans telle ou telle mission. Danilo trouvait toujours quelque chose qui clochait chez nous, une poignée de porte branlante, un morceau de carrelage ébréché, la tuyauterie du sous-sol.

— Du travail de sagouin, marmonnait-il en retroussant ses manches pour nous économiser les quelques centaines de dollars que nous valait chaque visite de notre homme à tout faire.

À table, nous n'étions jamais face à face, Danilo et moi. Je crois que je pourrais compter sur les doigts de mes deux mains le nombre de fois où nos regards se sont vraiment rencontrés lors de ce séjour. Ses petits yeux noirs, humides à la première gorgée d'alcool, brillaient sous un monosourcil broussailleux qui ne disait pas tout à fait sa vraie nature, celle d'un homme accommodant mais farouche, blessé par la vie mais incapable de rendre les coups. J'aimais le voir faire la lecture à mon fils et mimer avec de grands gestes fleuris les concepts qui manquaient à son anglais basique (il avait pris des cours à la naissance d'Elliott), mais nous nous arrangions tous les deux pour ne jamais nous retrouver seuls dans la même pièce. Les rares fois où c'était inévitable, nous évoquions la météo en cherchant le secours d'une fenêtre et des mouvements du ciel. Puis, *avo* disait « bon », et nous nous inventions chacun quelque chose à faire ailleurs dans la maison.

Un soir, je les ai entendus, Danilo et ma mère, chuchoter puis hausser le ton dans la buanderie où je me dirigeais à leur insu. C'était à propos de moi et de ma phobie des chiens, que j'avais à peu près vaincue, non sans l'avoir malencontreusement transmise à Elliott. La plupart des maîtres tenaient leur bête en laisse, mais quand, chez des amis, un labrador aussi doux qu'une peluche rameutait autour de lui tous les enfants sauf le mien, je lisais dans ses yeux une terreur mâtinée d'une tristesse familière, qui me renvoyait à l'enfant que j'étais à son âge, rongé d'inquiétude à la veille de chaque randonnée, changeant de trottoir en ville quand ma trajectoire risquait de croiser celle d'un chien. Les années avaient passé, mais mon sang se glaçait toujours quand j'entendais un bruit de clés derrière moi et l'associais au cliquetis d'un collier qu'on desserre afin que le molosse qu'il retenait puisse enfin se dégourdir les pattes. Elliott réagissait de la même façon ; je lui en voulais d'avoir hérité de moi et d'être prêt à se jeter sur la route pour éviter de se faire renifler les baskets, mais c'est encore Danilo qui semblait souffrir le plus de sa cynophobie.

— Chelsea est psy, elle ne pourrait pas faire quelque chose ?

— Elle te dira qu'elle fait quelque chose en ne faisant rien, a répondu ma mère avec un dédain qui aurait été impensable en présence de Chelsea.

— Mais quand même… Il me fait de la peine, ce môme, des fois.

J'ai senti qu'il avait pour projet secret de délivrer de cette peur absurde celui qu'il considérait comme son petit-fils, et qui l'était, assurément, nul ne lui contestait ce titre. Avait-il eu un chien, enfant ? Pas nous. Dans notre famille, les animaux domestiques étaient mal vus, et ceux qui s'attachaient à eux moqués et craints. Il fallait se méfier des amoureux des bêtes, leur sentimentalisme dissimulait souvent un mépris peu ragoûtant pour les gens, c'est-à-dire pour une catégorie particulière de gens, c'est-à-dire pour *nous.*

J'étais moi-même traversé par mon lot de pensées hostiles quand des passantes en leggings Lululemon s'agenouillaient devant la vitrine d'une crèche pour chiots en poussant des jappements d'extase mimétique. J'étais secrètement furieux quand je voyais des étals entiers de friandises canines dans un café, ou des abreuvoirs diligemment placés, pendant les fortes chaleurs, à l'entrée de restaurants qui auraient refusé un verre d'eau du robinet à des mendiants humains. À cause de moi, nous nous étions disputés avec un couple de bons amis qui disaient aimer leur bouvier bernois autant que nous aimions Elliott. Quand nous avons relaté l'incident, un soir, après le dîner, Danilo hésitait à rouler les yeux au ciel pour faire valoir son point de vue.

— C'est sûrement une façon de parler…

Il n'aimait pas le conflit, pas même dans une histoire qui ne le concernait pas. Était-ce le cas, pourtant ? Sortant de sa réserve habituelle, il s'est lancé, du bout des lèvres, dans une comparaison entre l'adoration des toutous par leurs maîtres et celle des bambins par leurs parents. Lui qui n'était ni un maître ni un père trouvait les deux adorations également attendrissantes. Quant à moi, en m'agaçant de façon si véhémente de la première, n'avouais-je pas que la seconde aussi recelait sa part de ridicule ?

— Ils ont des enfants, vos amis ?

— Ex-amis. Et non, ils n'ont pas d'enfants et n'en veulent pas. Cooper leur suffit.

C'était le nom de leur bouvier bernois. Ils travaillaient dans la tech et avaient prévu de se priver de vacances et de gagner des montagnes de fric pour prendre leur retraite à trente-cinq ans, finalement quarante, finalement quarante-cinq ; ils en avaient quarante-deux, ils étaient déjà prisonniers de leur niveau de vie, trop tard maintenant, ils ne partiraient jamais à la retraite et continueraient de passer leurs week-ends à faire défiler des alertes infos apocalyptiques dans ces antichambres de la damnation éternelle que sont les parcs à chiens.

Elliott dormait à l'étage ; il commençait à être assez lourd pour faire craquer le bois des escaliers quand il essayait de nous espionner. Pour relancer le débat ce soir-là – ou y mettre fin, Chelsea avait toujours un ou deux coups d'avance –, elle a voulu savoir si Danilo suggérait que seul l'achat d'un chien pouvait guérir notre petit garçon de sa phobie. Le front de Danilo s'est enflammé, elle avait visé juste. Un silence malsain s'est installé. Je savais que ma mère était de mon côté, que dans la bonne logique des choses, les gens comme nous ne devenaient pas des maîtres et n'avaient pas de chiens. J'étais d'autant plus étonné qu'elle plisse les lèvres en se taisant au lieu de venir à mon secours, jusqu'à ce que je comprenne que mon silence n'avait pas tout à fait la même qualité que celui des trois autres adultes autour de la table. Ils avaient tissé leur propre silence parallèle, tels des chasseurs aux extrémités d'un filet tendu pour me capturer.

— Vous ne réfléchissez pas sérieusement à acheter un clébard, j'espère ?

— Une autre possibilité serait que tu laisses un peu respirer Elliott, a rétorqué ma mère d'une voix pleine de fausse douceur pédagogique.

— Je ne vois pas le rapport, ai-je dit en souriant pour cacher qu'elle m'avait désarçonné.

Danilo, les yeux rivés à son assiette vide, jouait sa partition, le consentement par le silence tandis que ma mère repartait à l'attaque :

— Qu'est-ce que vous fabriquez, toute la journée, en fait ? Je sais que tu n'aimes pas qu'on te pose la question…

— Eh bien ne la pose pas, alors !

— Mais je m'inquiète ! s'est exclamée ma mère.

— Je fais ce que je veux de mes journées, et avant d'être ton petit-fils, sache qu'Elliott est mon fils et que je l'éduque comme je l'entends.

— Il faut un village pour élever un enfant. C'est un proverbe africain, a-t-elle jugé utile de spécifier, comme si le continent d'origine de cette énième platitude avait la moindre chance de me faire changer d'avis.

Elle a essayé de me caresser l'épaule mais je me suis levé pour l'éviter, avant de quitter la cuisine en riant faux et en faisant woof woof, comme si j'étais au-dessus de tout ça, au-delà de ses tentatives de me sauver de ce qu'elle avait l'air de percevoir comme un désœuvrement atavique.

Une nuit de cette semaine, le surlendemain peut-être, je me réveille en sursaut. Mon ouïe aux pouvoirs décuplés étend sa zone de perception au métro aérien, inaudible en temps normal mais qui gronde nettement à l'extrême limite de mon attention et de ma chambre. Chelsea dort. J'entends les pulsations de son cœur comme si je prenais mon propre pouls. Pourtant, en collant mon oreille à sa poitrine (elle dort allongée sur le dos, immobile et raide comme pour se préparer au sarcophage), je dois me rendre à l'évidence : ce sont les battements endiablés d'un autre cœur qui retentissent au loin, quelque part dans la maison. Je sors de notre chambre pour me diriger vers celle d'Elliott. Sa veilleuse est allumée. À travers la porte entrouverte, je le vois assis sur son oreiller, le visage tourné vers le rideau fermé de sa fenêtre. Je pousse la porte aussi délicatement que possible. Il n'a pas peur en m'apercevant, au contraire il se tourne vers moi comme s'il m'attendait.

— Là, souffle-t-il, tout bas.

Il désigne la fenêtre aveugle à cause du lourd rideau tiré. Ses lèvres et son menton tremblent. Je m'assois sur le rebord du lit et passe ma main sur son front, ses cheveux, en répétant chut chut pour qu'il se calme. Quand je lui propose de me raconter le cauchemar qui le tourmente, il me dit, de sa voix la plus basse, que ce n'est pas un cauchemar mais une personne réelle, debout dans notre rue en ce moment même, un homme, d'après sa silhouette, adossé au tronc de l'arbre sur le trottoir d'en face, le visage recouvert d'un masque de chien noir. Il veut que j'aille tirer le rideau pour vérifier par moi-même. Je préfère l'interroger sur son monstre, pour qu'en le décrivant il se dissipe, mais il insiste, il n'a jamais été aussi sérieux et je commence à prendre peur à mon tour.

— Tu vas voir, papa ?

Il n'ose pas tout à fait me supplier, et il me suffirait pour le rassurer de marcher jusqu'au rideau, de le tirer, et de constater en sa présence qu'il n'y a rien, personne sur le trottoir d'en face. Cependant, je n'en fais rien. Il n'y a personne sur le trottoir d'en face, me contenté-je de répéter comme on serine une version mensongère à laquelle on cherche à adhérer.

— Mais si, il porte un masque, chuchote Elliott, assis sur son lit, prêt à bondir. Un masque de chien avec des grandes oreilles noires et un museau.

— Des grandes oreilles noires ?

— Dressées. Pas tombantes.

Le ton de sa voix est soudain trop stable, et ses descriptions d'une précision infalsifiable : au lieu d'effectuer les trois pas que n'importe quel autre parent responsable aurait déjà faits en direction de la fenêtre, je m'étends dans son lit à côté de lui, une jambe sous la couverture, une jambe par-dessus, avant d'éteindre sa veilleuse, comme si l'obscurité seule pouvait nous protéger. J'ai peur, évidemment, de la même chose que lui, et je m'endors en essayant de me persuader qu'il n'a pas perçu le trémolo au fond de ma voix – ma voix de père. On obéit à la voix du père parce qu'il nous aime et parce qu'il sait. Moi j'aime mais je ne sais pas, je ne sais même pas faire semblant de savoir.

Les chiens nous poursuivaient partout, jusque dans les recoins les plus inaccessibles de cette vie intérieure dont nous avions fini par partager tant de pensées qu'on pouvait presque dire que nous la vivions en commun. Une fois par semaine, nous allions au musée avec Elliott. Je me piquais de lui inculquer, entre autres rudiments, ceux de l'art avec un A majuscule. Comme je rechignais à évoquer ma propre pratique et que la curiosité visuelle de mon étudiant semblait illimitée, nous passions de longues heures devant quelques œuvres que nous nous efforcions de reproduire sur un carnet dédié. Le musée des Beaux-Arts de Chicago possédait plusieurs tableaux d'un peintre américain méconnu auquel j'avais consacré une monographie, non publiée, au grand dam de ma mère qui aurait voulu que j'écrive un livre par an, pour me voir en faire la promotion dans la presse et continuer de croire qu'elle avait enfanté un écrivain plutôt qu'un chômeur de longue durée. Il fallait beaucoup chômer pour écrire quoi que ce soit de valable ; il fallait prendre le temps de ne rien faire pour finir par se retrouver réellement face à soi-même, mais ces nuances lui échappaient et j'avais passé l'âge de vouloir la convaincre.

Omid Safari (1963- ?) était né en Iran et avait acquis la nationalité américaine après s'être réfugié aux États-Unis dans les années 1980. Il n'avait jamais rencontré le succès qu'il méritait, selon moi. Ses peintures hyperréalistes ne représentaient pas, comme je l'avais d'abord cru, des vues du pays natal qu'il avait mémorisées en prévision du jour où il en serait banni et contraint à l'exil ; c'étaient, au contraire, de grandes forêts californiennes, des routes silencieuses bordées de motels typiques aux néons éteints (peut-être clignotaient-ils avant l'instant t du tableau), des skylines, des trottoirs vus d'en haut, des gratte-ciel vus d'en bas, des villages portuaires avec des maisonnettes blanches en bois. Sa terre d'adoption formait le sujet apparent de ses toiles sans génie, qui ressemblaient à s'y méprendre à des photos et me faisaient souvent monter les larmes aux yeux, comme si ce n'étaient pas des arbres, des collines et des routes curieusement familières, mais des autoportraits intimistes déguisés en paysages, en natures mortes, ceux d'un artiste qui me touchait, avec qui, en tout cas, je me sentais une affinité profonde et durable depuis qu'à force de les contempler il avait fini par me paraître évident que chaque vignette montrait un coin d'Amérique qui venait d'être déserté, d'où quelqu'un venait de disparaître. Des éléments subtils suggéraient le drame qui se tramait, si subtils qu'ils confinaient à l'hallucination, c'était en tout cas l'avis des trois éditeurs qui avaient refusé mon texte. En me renseignant sur Safari, j'avais pourtant découvert cette coïncidence extraordinaire qu'il avait lui-même disparu, au début des années 2000, qu'il s'était évaporé, à la manière des *johatsu* du Japon, fuyant la honte, la maladie ou les dettes de jeu pour se réinventer à l'autre bout de l'Archipel, là où personne ne les connaissait. Son œuvre préparait-elle sa sortie, son auto-effacement ? Telle était ma thèse, qu'aucun fait, aucune donnée ne m'avaient, certes, permis de confirmer ou d'infirmer. Il n'existait pas de corpus de textes autour de son travail, bien qu'il fût exposé dans des musées et parfois même prêté pour des expositions ou des installations temporaires. Il valait au moins le prix d'un convoi sécurisé. La soi-disant veuve Safari (je préférais parler de sa femme, vu qu'on n'avait jamais retrouvé de corps, comme pour mon père) était notoirement injoignable. Elle avait renoncé à tout droit sur l'œuvre peinte de son mari et vivait recluse, dans un État du Sud, avais-je cru deviner en recueillant les confidences brumeuses d'une marchande d'art qui les avait connus, mais qui n'avait authentiquement rien à dire sur eux. Des gens normaux, sans enfants, sans histoires.

Pourtant, j'aurais juré savoir avec précision ce que pensait Omid Safari, quand il avait eu l'idée de ses peintures et appliqué leur programme en privant brusquement le monde de sa présence. Le genre d'ailleurs où il avait trouvé refuge m'appelait moi aussi, à chaque fois que je voyais ses grands tableaux naïfs. L'émotion d'un balcon donnant sur les érables d'un parc, d'une gare aux baies vitrées battues par l'orage. Je comprenais. La réalité de la vie était insaisissable ; on la pourchassait, en vain, de décor en décor. Chaque tableau rejouait une scène capitale, la seule qui valait la peine d'être mise en scène, la seule, aussi, qui m'intéressait à titre personnel : le retrait du décor.

L'année où mon obsession pour Omid Safari avait culminé au point d'en faire un livre, Chelsea avait accepté de me conduire à travers les États-Unis, sur les traces des paysages modèles de ses peintures ; je n'étais pas autorisé à prendre le volant avec mes doubles-foyers de grand myope. Elliott avait quelques mois, il dormait à poings fermés dans son siège auto tandis que nous traversions les plaines et les forêts de son étourdissant pays de naissance, jusqu'à ce petit port de la côte du Maine où nous avions retrouvé l'emplacement exact où Safari avait réalisé mon œuvre préférée de lui, *Rabid Dogs*

Barking at Brown-Skinned Men, « Chiens enragés aboyant sur des hommes à la peau brune ».

Ces hommes à la peau brune étaient absents du tableau, une rue bordée de pelouses qui descendaient en pente douce vers l'océan. Un phare était visible, au loin. Les chiens en question étaient trois dobermans alignés au milieu de la chaussée, leurs corps bandés comme s'ils étaient faits d'un seul muscle, une longue langue noire sur le point de claquer et de fondre sur leur proie hors cadre. Il se dégageait de la scène, la seule de son œuvre où Safari avait figuré des êtres vivants non végétaux, une impression de hargne et de catastrophe inévitable et imminente, qui contrastait avec l'ennui tranquille et doux des autres paysages, en particulier les vues de centre-ville où Safari avait dû beaucoup errer, comme le promeneur émerveillé, l'émigré solitaire et plein de secrets qu'il n'avait sans doute, lui non plus, jamais cessé d'être.

Après avoir photographié le lieu et m'être recueilli dans un silence gêné – il n'y avait pas un atome de religion en moi –, nous avons mangé du homard et de la tarte aux myrtilles et pris le bateau pour aller voir les puffins nicher dans les falaises. Chelsea avait notre fils en porte-bébé. Leurs joues étaient rougies par l'air marin. Elliott avait déjà la peau très blanche et les yeux bleus de sa mère. Je les ai longuement regardés tous les deux, les seules personnes sur terre dont je pouvais encore voir les traits quand se refermaient mes paupières ; les seuls êtres aux contours nets dans un monde de plus en plus flou. Le ferry tanguait en amorçant son demi-tour dans un puissant roulis d'écume quand l'euphorie, terrible conseillère, m'a poussé à révéler à Chelsea avoir terminé la rédaction d'un livre, un livre très différent de mes précédents. Il s'agissait de la biographie romancée d'une personne bien réelle, destinée à une lectrice particulière qui souhaitait posséder un document littéraire, un tombeau textuel pour rendre hommage à son frère disparu. Tu veux dire mort ? m'a demandé Chelsea. Après un instant d'hésitation qui ne lui a pas échappé (rien ne lui échappait), j'ai confirmé que le frère en question avait en effet disparu, sans laisser de traces, comme mon père. Je revois Chelsea, sur le ferry, me prenant la main avec un demi-sourire paisible. Tout, dans mon ton, ma posture, quémandait son accord, sa validation, sa bénédiction. Elle ne m'en a pas fait cadeau et j'ai dû moi-même préciser, dans un murmure, que cette biographie fictive romançait une vie non pas avant mais à partir de la disparition. Que s'était-il passé depuis le moment où l'épingle de Satan avait percé la toile du quotidien ? Le lieu de la disparition, à la description duquel je m'attachais longuement dans le premier chapitre, devenait le lieu d'une renaissance. Je proposais un voyage littéraire, une exploration risquée, même à travers la vitre des mots et des images : dès ma commande suivante s'est ainsi imposée l'idée d'appeler ces livres, qui devaient tout à mon artiste favori, des *safaris*.

Mille questions troublaient les beaux yeux océaniques de Chelsea. Elle ne m'en a livré aucune.

Je ne lui ai pas parlé de mes romans suivants. Elle me voyait travailler sans relâche et respectait ma discrétion sur le sujet. Au fil du temps, j'avais rodé une méthode : les clients à qui j'offrais mes services m'abreuvaient de messages, d'e-mails sans coupures de paragraphes, de documents de toutes sortes au sujet de la personne qui leur manquait et dont elles ne parvenaient pas à faire le deuil étant donné qu'elles ne les croyaient pas mortes ; je m'appliquais à la faire revivre sur une centaine de pages, rarement plus de deux cents, le tout pour une somme de moins en moins modique à partir du moment où je m'étais aperçu que cette activité d'écrivain public ou de romancier privé occupait toutes mes soirées et revêtait pour mes lecteurs, si j'en jugeais par leurs réactions bouleversées, une indéniable utilité thérapeutique. L'absent avait été présent, le temps d'un livre. La savane où je nous promenais était peuplée de fantômes sauvages. Tout devait absolument paraître crédible et, grâce à mes recherches extensives, tout l'était. On me réclamait des suites, des épisodes ultérieurs, des safaris suivants. Dans le contrat type que je proposais avant d'écrire le premier mot, j'avais fini par assortir l'accord de non-divulgation d'une clause de non-revoyure. Pour préserver mon anonymat, je ne donnais plus mon adresse à mes clients. Quelques week-ends par an, je partais à leur rencontre, où qu'ils se trouvent aux États-Unis. Je leur demandais huit heures d'entretien, enregistré et transcrit par mes seuls soins. Six mois plus tard, le manuscrit leur parvenait par la poste, imprimé, relié et pourvu d'une couverture moelleuse où s'affichait le lieu fatal, l'endroit qu'ils associaient à la disparition de leur disparu. J'encaissais mon chèque comme n'importe quel autoentrepreneur et versais les deux tiers de mes émoluments au compte commun. Je restais discret auprès de nos amis et de nos familles respectives, préférant avoir l'air d'un père au foyer avec un poil dans la main plutôt que d'exposer au grand jour mon petit business philanthropique. Chelsea connaissait et respectait mes réticences. Plus elle m'aimait et me faisait confiance, plus j'étais tenté de m'ouvrir à elle, lui parler de ce vertige de l'absence radicale auquel nous étions confrontés, mes lecteurs et moi, et que les safaris devaient nous permettre d'affronter. Quand il n'y avait pas de cadavre à pleurer, quand nos chers regrettés étaient peut-être encore vivants, tous les remèdes classiques demeuraient provisoires. Le champ de la douleur n'avait pas de clôture.

Il se mêlait à mon désir de soulager des âmes en peine un sentiment que je ne parvenais pas à identifier et qui ne faisait pas partie de la famille de l'empathie. Les thrillers paranoïaques que j'avais publiés jadis avaient eu un effet délétère sur mes propres penchants dans ce sens. Ne frôlais-je pas la charlatanerie en ressuscitant des personnes dont les corps se décomposaient probablement à l'heure où je me penchais sur leur destin ? Certains clients exigeaient que leur disparu meure à la fin de l'histoire. Je m'exécutais en les exécutant ; je nous exécutais, pour ainsi dire. On écrit toujours pour faire plaisir à quelqu'un. Je n'avais d'intentions qu'excellentes et vertueuses, mais c'était un fait que je me vengeais, en m'immisçant dans le chagrin de mes clients, d'une torture que m'avait également fait subir la même puissance obscure et invincible. En recevant des messages de gratitude éplorée, j'étais tenté de répondre que j'avais tout inventé, tout déliré, que je n'étais pas digne de confiance. Comment aurais-je réagi si on m'avait décrit de façon convaincante l'itinéraire de mon père à partir du jour où il n'était pas revenu du PMU, mais sans preuve, sans même le droit d'en exiger ?

Une fois, rempli de haine et de colère contre un lecteur qui me prenait pour une sorte de magicien, un bienfaiteur de l'humanité, à tout le moins, j'avais demandé conseil à Chelsea, en invoquant une transparente situation hypothétique. Comment faire, quand on est un *aidant*, pour ne pas détester ceux qu'on aide ? Devant son sourcil perplexe et sa question moqueuse – *c'est pour un cousin, c'est ça ?* –, j'avais renoncé à attendre sa réponse et l'occasion ne s'était pas présentée à nouveau, le manque de curiosité de Chelsea au sujet de mes mystérieuses et lucratives escapades ayant fini par s'assimiler à une énième stratégie de sa part pour consolider la vitrine de notre couple exemplaire.

Il y a eu ce soir d'été, pendant que ma mère et Danilo nous rendaient visite et gardaient Elliott (il devait avoir deux ans), nous avions avalé des champignons hallucinogènes avec d'anciens clients de Chelsea, sur leur bateau amarré aux pontons de Belmont Harbor, quand la conversation avait pris un tour confessionnel, chacun étant sommé d'avouer son secret le plus inavouable. Ce couple d'amis riches et sexy étaient assez proches de nous pour que Chelsea admette, sans cligner des yeux, avoir été souvent émoustillée en leur présence, y compris du temps où ils avaient encore recours à ses conseils professionnels. Dangereux, cet aveu l'était pourtant moins que le mien, et si les pensées secrètes de Chelsea avaient électrisé l'ambiance et les regards à bord, la révélation de mon travail à mi-chemin entre la sorcellerie et la littérature sentimentale (mes romans privés étaient clairement des mélodrames) avait au contraire provoqué une gêne durable que seule une flambée de questions relatives à la moralité du processus devait permettre d'atténuer. Que racontais-je à ces pauvres gens, au juste ? Jusqu'où allais-je dans la recréation de leur parent disparu ? M'inspirais-je de faits réels ? Enquêtais-je ou divaguais-je purement et simplement ? Reconnaissais-je un Rubicon infranchissable ou estimais-je que tout était bon à prendre et à élaborer pour alléger leur souffrance, des scénarios les plus alambiqués aux suggestions les plus douteuses ?

L'embarcation, un mini-yacht à deux millions de dollars, tanguait devant les vieilles façades en brique qui dominaient le lac. Le ciel sans nuages était rempli d'étoiles que je distinguais mal. Je crois que quelqu'un a fini par vomir par-dessus bord. Chelsea a compris ce soir-là, ou plus précisément dit comprendre, à quel point mon père et sa disparition inexpliquée n'avaient jamais cessé de m'obséder. Mon père, en effet, nous aimait, il ne serait pas parti de son propre chef, sans rien dire. Sauf que rien n'indiquait qu'il en eût été autrement. J'avais renoncé aux détectives privés, aux mirages cruels qu'ils monnayaient, mais j'étais toujours accro à mon propre chagrin, ou à son trop puissant remède. Aucun thérapeute n'avait jamais trouvé grâce à mes yeux. Chelsea avait-elle fini par l'admettre ou s'était-elle lassée de me proposer des collègues spécialistes des deuils difficiles ? Je réfutais jusqu'à ce mot de deuil pour décrire ma situation, la nôtre. Mes lecteurs et moi avions glissé dans une faille métaphysique. Les safaris servaient à l'explorer mais mes efforts poétiques pour les consoler ne ciblaient en réalité que mon propre cœur inconsolable, et, visant juste, ils le touchaient et l'apaisaient, pour autant que le reste du monde pouvait en juger.

Je me souviens du jour où cette illusion qu'on nomme la paix s'est fissurée. La brèche s'est agrandie entre le reste du monde et moi. Pour toujours.

J'étais assis avec Elliott en face de *Rabid Dogs* quand il est réapparu, l'homme avec la voix de mon père, penché vers nous, les mains derrière le dos, soucieux de ne pas nous surprendre. Il s'était coupé les cheveux depuis la dernière fois. Ses lèvres épaisses s'entrouvraient sur une rangée de dents trop blanches. Dans la netteté de la lumière du musée, j'ai surtout remarqué ses yeux, d'une couleur stupéfiante, un gris où luisaient des reflets d'azur, d'autant plus clair que sa peau était noire.

J'étais bouche bée mais je n'avais pas peur, pas encore.

— C'est incroyable de se croiser ici ! a-t-il dit en me tendant sa main avec un empressement bizarre, comme s'il fallait déjà meubler un silence.

Le casque de beaux cheveux d'Elliott a surgi dans sa ligne de mire, il l'a frotté avec une vigueur cinégénique avant d'enfoncer ses mains dans les poches de son jean. Il avait l'air parfaitement innocent, alors que la coïncidence était trop grosse, il ne pouvait pas avoir choisi par hasard cette salle d'un aussi grand musée pile à l'heure où nous le visitions ! Nous avait-il suivis ? Je m'étais levé pour le saluer, mais un bruit horrible m'a fait fléchir les genoux, comme si des bras invisibles me rasseyaient de force sur la banquette au centre de cette vaste pièce dédiée aux peintres américains contemporains. J'entendais des halètements de bêtes féroces, bientôt des aboiements. Elliott me voyait blêmir, mais lui ne paniquait pas, et pour cause : des chiens fictifs étaient en train de me terroriser, ceux de la toile de Safari et de mon cerveau malade.

La voix de mon père disait :

— Je ne pensais pas tomber sur vous…

— On peut se tutoyer, me suis-je entendu balbutier.

— Je parlais de vous, ton fils et toi.

Il s'est tourné vers le tableau, les mains derrière le dos, la tête inclinée sur le côté. Il a poussé un petit sifflement de philistin.

— Tu ne m'avais pas menti, c'est vraiment un joli travail…

Il a prétendu que je lui avais parlé d'Omid Safari dans la serre (c'est vrai qu'il avait peint un jardin botanique tropical, celui de Washington, DC), alors que je venais juste de le rencontrer et que je cherchais quelque chose à dire pour continuer d'entendre sa voix, pour la garder dans mon voisinage sonore immédiat. Pourtant je n'en avais gardé aucun souvenir et maintenant je ne voulais plus entendre sa voix, au contraire je voulais qu'ils s'en aillent, lui, sa voix et la menace qu'elle ventilait dans notre direction.

— Et celui-ci ! Non mais regarde-moi ça, a-t-il dit en se déplaçant vers un autre tableau de Safari.

C'était une vue sur la baie de San Francisco, depuis la verrière haut perchée d'un appartement dont se laissait apercevoir, au premier plan, un enchevêtrement de meubles luxueux, aux portes et aux tablettes laquées. Le crépuscule y peignait d'effrayantes miniatures, jusqu'au reflet, peut-être, de l'observateur dans le point de vue duquel nous étions immergés. Au-delà, le pont le plus célèbre d'Amérique exhibait ses pylônes rouge orangé dans un angle inhabituel. Une brume dorée couvait le reste du paysage, la colline de Sausalito, l'île d'Alcatraz. Le coin supérieur droit du tableau n'avait pas été peint. Omid Safari avait intitulé l'ensemble *End of the Land Sadness*, d'après un vers de Kerouac.

— « Tristesse du bout du monde », a murmuré Gabriel en posant son index sur sa lèvre inférieure, à la recherche d'une meilleure traduction, peut-être.

J'ai fait signe à Elliott de ramasser sa parka qu'il refusait à chaque fois de laisser au vestiaire.

— Tu nous as suivis ? ai-je demandé à la voix de mon père, en prenant prétexte d'aider Elliott à enfiler ses manches pour ne pas affronter son regard et révéler l'anxiété qui dévorait le mien.

Il l'a mal pris et s'est mis à rougir.

— Non, non, ça fait une semaine que je viens tous les jours, a-t-il bredouillé. Depuis que j'ai quitté mon job, en fait.

— Désolé.

— Oh là là, pas moi. Je me faisais complètement exploiter ! Pour l'instant je suis surtout content d'avoir du temps libre. Je vais au musée, je me promène…

Il portait des bottines et un pull à col roulé noir cette fois-ci, comme s'il avait voulu se déguiser en personne fréquentant les musées. Son regard me paraissait trop mobile pour abriter des intentions néfastes, mais je n'arrivais pas à le croire tout à fait, ni à me défaire d'une impression de danger latent, diffus mais persistant, en particulier lorsqu'il s'est agenouillé pour se mettre à la hauteur d'Elliott et lui poser des questions sur le ton que prennent certains adultes, en général ceux qui n'ont pas d'enfants, pour s'adresser à eux. Comment ne pas penser à la silhouette en combinaison de ski qui m'avait dévisagé dans le Dunkin Donuts ? Le regard de mon fils, amusé, un peu moqueur, m'a détendu. Comme je l'ai déjà expliqué, nous étions connectés à un niveau surnaturel avec Elliott. Une impossible passerelle reliait nos vies oniriques et nous permettait de nous soutenir mutuellement dans nos cauchemars respectifs ou communs. S'il ne craignait pas cet inconnu, c'est qu'il n'y avait aucune raison de le craindre.

Sur le chemin du retour, Elliott m'a spontanément parlé de mon père. Tous les parents du monde ont connu ces moments étranges où leur enfant semble avoir deviné l'emplacement exact de ce qu'on cherchait en vain à leur cacher. Elliott savait qu'il ne fallait pas évoquer l'existence de mon père en présence de sa mamie, nous lui avions expliqué que certains souvenirs rendent les adultes malheureux, il nous avait affirmé qu'il comprenait, qu'il y avait un autre papi qu'il n'avait jamais connu et ne connaîtrait jamais.

Quand notre Uber est arrivé, il m'a fait part de sa théorie sur ce qui arrive aux morts : ils redeviennent des petits garçons et des petites filles et tout recommence à zéro.

— Mais mon père n'est pas mort, ai-je lâché tandis que nous grimpions à l'arrière de la voiture. Il a disparu. Il est peut-être vivant, peut-être mort.

— Ah oui, j'sais, j'sais.

J'ai vu qu'il faisait semblant de trouver mon explication valable et acceptable et m'en suis voulu de ne pas avoir su tenir ma langue.

La voiture, une Camry, avait du mal à démarrer. Le moteur chevrotait, s'arrêtait, se relançait sans succès. Il faisait trop froid, le chauffeur était trop jeune, probablement défoncé, j'aurais dû annuler la course et chercher au plus vite une solution de remplacement mais j'étais paralysé par un souvenir d'une précision poignante, je revoyais mon père essayant de faire démarrer la seule voiture que nous avions jamais eue, une trois-portes jaune moutarde qu'il fallait pousser le long des pentes et qui toussait dans l'aube glaciale, à l'extérieur de notre appartement au bord de l'autoroute. Tout me revenait d'un coup, sa langue tirée, mordue par ses dents de jeune homme, sa nuque noueuse à la peau bronzée piquée parfois d'un grain de beauté bleu, héritage des peuples du désert desquels il descendait. Et nous, à quelle lignée nous rattachions-nous, mon fils et moi ?

Un coup de sirocco embrouillait mes pensées. Je me rappelais l'église catholique en face de notre immeuble, et le bruit, incessant, des voitures sous nos fenêtres qui nous obligeait à parler et rire plus fort. N'avais-je pas, toute ma vie, cherché à retrouver ce vacarme édénique ? Je ne me sentais jamais mieux que dans ces grosses villes américaines où les alarmes retentissaient en permanence, accompagnées de coups de klaxon, du bourdonnement d'hélicoptères, de lourds camions de pompiers qui fonçaient tout près, si lourds et pourvus de sirènes si puissantes que les murs et les tympans frissonnaient à l'unisson.

Les manières tonitruantes des Américains me convenaient parce qu'on parlait fort chez nous aussi, quand j'étais petit. Il y avait toujours des invités qui se saluaient en criant, les sœurs de ma mère, leurs maris et les amis de mes parents qui n'avaient que la vingtaine et ne travaillaient pas, c'était la crise, le chômage de masse. Nous passions tout notre temps tous ensemble et je passais tout mon temps avec mon père. Il m'emmenait en promenade dans les forêts de sapins aux alentours. Il taillait un bâton pour lui, un bâton pour moi, et nous marchions jusqu'à la tombée du soir. Ma mère s'était morfondue d'inquiétude en nous attendant et moi j'étais surexcité, trop plein d'images et de sensations nouvelles pour trouver l'appétit et, plus tard, le sommeil.

Mon père dormait à poings fermés tandis que ma mère sursautait dès que je me retournais dans mon lit et déplaçais un oreiller ou une peluche. Elle passait des heures à m'observer à travers les barreaux, assise au fond de ce fauteuil à longs poils orange que je prenais pour un orang-outan. Je me rappelais maintenant, j'avais longtemps cru que ce gros singe roux habitait avec nous, que nous l'avions adopté et qu'il montait, la nuit, sur notre chaudière en fonte, sans raison, pour me faire peur. Ma mère m'a rassuré toutes les nuits sauf quelques-unes, c'est injuste mais je ne me souvenais soudain que de celles-ci, quand c'était exceptionnellement mon père qui se levait pour me prendre dans ses bras et me murmurer que les monstres n'existaient pas en dehors de mon imagination, que c'était moi le vrai monstre dont ils feraient mieux d'avoir peur, puisqu'il me suffisait de fermer les yeux pour les anéantir.

J'entendais sa voix dans cette réminiscence miraculeuse, comme s'il était vivant, comme s'il avait ressuscité.

C'est toi le monstre !

En rentrant chez nous à Logan Square, je me suis réfugié dans la salle de bains pour me passer de l'eau sur le visage et rédiger un SMS à Gabriel. Acceptait-il de déjeuner avec moi, le lendemain ? Je n'ai presque pas dormi cette nuit-là en attendant sa réponse, qu'il m'a donnée au petit matin : un oui en lettres majuscules, avec quatre points d'exclamation qui m'ont fait roucouler de soulagement et de bonheur, une espèce de bonheur à laquelle je n'avais jamais goûté auparavant.

Nous nous sommes vus trois fois cette semaine-là. Sans Elliott. Ma mère souhaitait le garder auprès d'elle et du radiateur, le chouchouter, le dorloter comme elle m'avait dorloté enfant, faire le plein de lui, comme elle disait, avant de devoir repartir. Je n'aimais pas être séparé de mon fils, je redoutais les conversations qu'on essaierait d'avoir avec lui, pour lui tirer les vers du nez, le retourner contre moi et ma présence soi-disant oppressante dans sa vie ; mais s'il avait été à mes côtés je n'aurais jamais pu faire plus ample connaissance avec Gabriel.

Comme je l'avais subodoré, il était né dans les Caraïbes, mais il avait pas mal bourlingué et semblait tirer une fierté jumelle de la mienne à ne se reconnaître aucune patrie.

— Le temps passe, les empires s'effondrent, les vagabonds vagabondent, et les ports d'attache… que dire sinon qu'on s'en détache, inexorablement !

Aujourd'hui je suis là, disait-il (il dardait sur moi un regard à la fois séducteur et vide), demain je serai ailleurs. *It is what it is*, a-t-il ajouté en anglais.

Une demi-douzaine d'années plus tôt, il avait gagné à la loterie de la carte verte après avoir travaillé comme cuisinier itinérant pour le Cirque du Soleil et sur un de ces méga-paquebots de croisière où il distribuait des flyers enfermé dans un costume de béluga ; la pire expérience de sa *carrière*, même si le mot, quand je l'employais, le faisait tiquer. Depuis, il avait été goûteur de nourriture, promeneur de chiens, faiseur de queue à la place des gens qui avaient les moyens de ne pas faire la queue en personne, pourvoyeur de câlins professionnel. Hormis ces activités fantasques qu'il déclinait avec un sérieux déroutant, probablement dans le même ordre que la dernière fois où il en avait fait la liste, il multipliait les petits boulots, masseur privé, coach sportif en ligne, extra dans les cuisines de restaurants plus ou moins cool. En l'occurrence, c'est moi qui trouvais qu'il disait un peu trop souvent le mot *cool*, mais si c'était le prix à payer pour entendre la voix de mon père, je voulais bien qu'il en ponctue chaque phrase.

Il vivait en colocation à Little Village et rêvait de s'installer en Californie du Sud ou en Floride, le climat de son enfance lui manquait, les plages du lac Michigan ne soutenaient pas la comparaison avec celles que léchaient les eaux turquoise des mers du

Sud. Il me parlait du volcan de son île natale, des dizaines de milliers de victimes qu'avait provoquées sa dernière éruption. Ses sourires bancals et ses yeux gris-bleu, rares (2 % de la population mondiale, affirmait-il en affectant un détachement souverain) lui conféraient un charme évident, je ne devinais pas, pourtant, à qui il pouvait plaire en le dévisageant et en le relançant, comme je savais le faire, au moyen de questions directes et provocatrices. Gabriel était souvent tombé amoureux et avait enchaîné les histoires sentimentales et sexuelles jusqu'à la mère célibataire d'origine haïtienne, infirmière au Cook County Hospital, magnifique (il m'avait montré des photos) qui lui avait *littéralement* brisé le cœur. Signe du destin : elle s'appelait Gabriella ! Ils avaient emménagé ensemble, Gabriel s'entendait à merveille avec sa fille, de l'âge d'Elliott, mais il avait fait une grosse bêtise, il avait trompé Gabriella, une seule fois et déjà celle de trop car elle ne laissait pas de seconde chance, pas après ce qu'elle avait enduré avec le père de son enfant.

Tout cela, je l'avais appris au bout d'une demi-heure. Si j'avais un talent, c'était celui d'entrer très vite dans le vif existentiel lors de mes conversations avec des inconnus. Pourquoi me faisaient-ils confiance ? Je n'étais pas sûr qu'ils me fassent confiance. La vérité, c'est qu'on a beaucoup de mal à ne pas répondre aux questions déplacées qu'on nous pose, pour peu qu'elles se déplacent sur le cœur battant de notre vie privée. Ne voulons-nous pas tous nous libérer de cette pudeur qui nous entrave et nous maintient dans la solitude, ne voulons-nous pas tous sortir de nous-mêmes pour savoir qui nous sommes ?

Pourtant nos plats venaient d'arriver et j'ai eu l'impression que Gabriel s'ennuyait. De quoi allions-nous pouvoir causer maintenant que je savais tout de lui ? À regret, j'ai raconté mon parcours, les livres que j'avais publiés quand j'étais jeune et que je reniais dorénavant (pas de réaction), et puis l'émigration, le couple indestructible que je formais avec mon experte en solidité conjugale, et mon Elliott adoré, et ma pipelette de mère, et mes problèmes de vue récurrents qui s'aggravaient d'année en année ; je me faisais bâiller tout seul. Je ne souhaitais pas parler mais le faire parler, convaincu que le son de sa voix allait restaurer des pans entiers de ma mémoire meurtrie. De fait, à chaque fois qu'il intervenait dans mon récit volontairement troué d'hésitations et de silences, j'éprouvais une émotion violente, dont l'intensité ne faiblissait pas et qui me permettait de creuser, de forer en moi-même, sa voix comme la lumière d'une frontale, à la recherche de souvenirs que j'avais cru perdus à tout jamais. Il suffisait de découvrir non pas où chercher mais qu'il était possible de le faire. Et je dois dire que j'exultais. J'en oubliais complètement la bizarrerie de notre rencontre, ce jour qui aurait pu devenir le pire jour de ma vie, dans la serre de Lincoln Park. Ma paranoïa avait été anesthésiée par une voix grave revenue du fond des âges.

Je ne savais pas pourquoi Gabriel avait la voix de mon père, mais dès notre rendez-vous suivant, dans un bar à la mode (un rendez-vous que j'avais dû lui arracher, il avait prétendu essayer de réduire sa consommation d'alcool), je me moquais de résoudre l'énigme, de percer le mystère, je ne voulais qu'être là, près de lui, fermer les yeux et revivre, pour quelques instants, une heure, aux côtés de cet homme qui m'avait montré le chemin, qui m'avait fait grandir, et dont je ne pouvais plus croire qu'il nous avait abandonnés, plus depuis que je me rappelais son comportement lors de ma première cuite, quand j'avais seize ans. Comment, par quel sombre miracle avais-je pu oublier ? Mon père m'attendait chez nous quand les parents de la fille dont nous fêtions l'anniversaire l'avaient appelé pour qu'il vienne me chercher. Nous n'avions pas de voiture, il lui avait fallu traverser la ville à pied. Il m'avait ramené en me portant à moitié. Je disais n'importe quoi sur le chemin et me couvrais de ridicule mais mon père souriait, comme s'il était fier de moi.

Une fois de retour à l'appartement, nous avons chuchoté, j'explosais de rire à chaque mot prononcé à voix haute. Allongé sur mon lit, j'avais la tête qui tournait dès que je fermais les yeux. Un seau en plastique était placé à côté de ma table de nuit. J'ai vomi à plusieurs reprises. Mon père m'a déshabillé, emmené dans la salle de bains, douché. Puis il a passé la serpillière sur le sol de ma chambre. Mes élucubrations de jeune ivrogne mettaient sur ses lèvres un sourire permanent, je ne suis pas sûr de grand-chose en ce bas monde, mais j'affirme qu'il n'y avait pas une once de raillerie ou de méchanceté dans ce sourire. Malgré son sommeil léger, ma mère ne s'est pas réveillée et le lendemain elle a paru n'avoir rien entendu, rien remarqué. Quand j'ai voulu aborder le sujet à table, mon père a posé sa belle paume sur le sommet de mon crâne, comme si j'étais un tout petit garçon, et nous n'en avons plus jamais reparlé.

J'ai commencé à enregistrer Gabriel ce soir-là, avec l'application Voice de mon smartphone que je posais, à l'envers, entre nos deux sous-bocks. En me repassant nos quatre-vingts minutes de conversation, je m'entendais distinctement murmurer, vers la fin, un incompréhensible *pardon* qui ne correspondait à rien dans les propos de mon interlocuteur.

Je ne me suis pas vraiment rendu compte que la fréquentation de Gabriel était en train de devenir une obsession. Je comptais les heures qui me séparaient de la fois prochaine où me serait donnée l'occasion d'entendre sa voix. Il fallait trouver une activité à faire en commun, je ne pouvais plus me contenter de prétendre avoir envie de parler ma langue natale. Gabriel était sportif, je lui ai proposé d'aller courir avec lui le long du lac. Contrairement à Chelsea, j'étais tout sauf un joggeur confirmé. Dans sa penderie, j'ai emprunté une combinaison Heattech aux manches ajourées de rose ; il me restait de précédentes tentatives de remise en forme une paire de baskets à semelle plate qui permettaient supposément de reproduire le pas souple et réactif de nos ancêtres chasseurs-cueilleurs. Ils n'auraient pas été fiers de moi : les températures s'étaient adoucies avec le retour des chutes de neige, mais dès la première bourrasque le froid s'est engouffré dans mes poumons, jusqu'au bout du bout des alvéoles, m'écrasant de l'intérieur et m'empêchant de tenir la moindre conversation. Quand nous sommes revenus à notre point de départ, je lui ai offert un café au Starbucks. Il a exigé que la commande ne soit pas passée sous nos vrais noms, avec un air entendu auquel je n'entendais rien. Il avait l'air d'un type qui vient d'échapper à un complot, *mine de rien.* Il paraissait encore soucieux en attendant notre tour. Pour se donner une contenance, il a entrepris de me raconter comment ils étaient tombés amoureux, Gabriella et lui, du temps où il vivait dans une autre colocation à Humboldt Park et courait tous les matins le long de la 606, une promenade suspendue près de chez nous (il n'a pas réagi quand j'ai noté que nous nous étions peut-être croisés auparavant). Gabriel et Gabriella faisaient leur jogging à la même heure, aux aurores, avant que la chaleur ne devienne irrespirable. Ils s'étaient successivement ignorés, reconnus, adressé des signes maladroits, enfin souri.

— Je souris toujours aux inconnus. C'est ma philosophie de vie, si tu veux.

En prononçant ce genre de phrase, il regardait droit dans les yeux, mais sans l'intention d'affronter son interlocuteur, plutôt pour absorber sa réaction, la vivre intensément, en quelque sorte.

À l'initiative de Gabriella, ils n'avaient pas échangé leurs numéros de téléphone mais leurs identifiants sur une application de running. Depuis sa séparation, la jeune infirmière n'avait jamais manifesté le désir de se poser ou d'officialiser une relation avec quiconque. Quand elle avait envie de voir Gabriel, elle chaussait ses baskets, enfilait son bandeau absorbant et sa montre connectée et partait courir en lançant son application. Grâce à la géolocalisation, son parcours s'inscrivait en rouge sur le plan ; son amant n'avait qu'à se connecter pour voir si le dessin de sa dernière course ne ressemblait à rien de spécial ou s'il avait la forme d'un pénis en érection, auquel cas il était prié de la rejoindre à son domicile, signalé par un drapeau à damier au début et à la fin du trajet.

Il y avait, selon lui, quelque chose de suprêmement excitant à se retrouver sans s'être envoyé le moindre message. Les queues qui supplantaient ceux-ci, quels que soient leur position dans le plan, leur taille, leur épaisseur ou le tremblé de leurs contours, avaient pour point commun d'être visiblement circoncises. J'aurais aimé savoir pourquoi Gabriella traçait tous ses itinéraires sans prépuce et mettait une obstination rageuse à décalotter le gland en effectuant son parcours, quitte à se faire des points de côté à force de ralentir dans les virages, mais le but de cette anecdote semblait moins de me renseigner sur sa vie sexuelle que de m'indiquer qu'ils en avaient eu une et qu'elle l'avait pleinement satisfait.

— Peut-être bien que je délire, a-t-il conclu, mais je préfère te dire tout de suite que je ne suis pas intéressé…

— Pas intéressé ?

J'ai compris trop tard.

Je l'ai rassuré autant qu'il m'était possible de le faire en haletant : plus je me présentais comme un mari comblé, honorable père de famille, hétérosexuel depuis toujours, moins j'y croyais moi-même. Plus je disais la vérité – la triste vérité de mon désir rigoureusement borné par les fils barbelés du genre –, plus j'avais l'impression de mentir et plus j'avais l'air louche, sans doute à cause d'un rêve érotique que je venais de consigner dans mes notes : j'y poursuivais de mes assiduités une créature sans sexe et sans visage défini, aux fesses néanmoins bombées, musclées comme celles de Gabriel, et dont les yeux, quand ils finissaient par me scruter, étaient indéniablement gris clair…

Dans l'excitation des fêtes de fin d'année qui approchaient, je ne songeais pas que Gabriel, s'il avait voulu s'immiscer dans ma vie, mon couple, ma famille, ne s'y serait sans doute pas pris autrement : il ne proposait pas de payer ou même de partager l'addition, il n'initiait jamais le moindre échange et me laissait souvent savoir qu'il avait lu mes messages longtemps avant d'y répondre.

J'avais depuis le début ravalé tout orgueil pour continuer de recevoir de sa part des audios, parfois seulement un éclat de rire se terminant par un affectueux « t'es con ». Je partageais des articles de presse avec lui, des gifs, des mèmes manipulés par l'intelligence artificielle. Je conservais chaque mot qu'il prononçait à voix haute, en enregistrant clandestinement nos discussions ou en archivant les messages qu'il dictait pour ne pas avoir à les rédiger. Le soir, je faisais semblant de lire dans le salon du rez-de-chaussée où Danilo entretenait le feu de notre cheminée qu'il avait retapée. Il grommelait parfois sans raison en donnant ses coups de tison pour faire flamber les bûches au fond du foyer. Dans mes AirPods j'écoutais la voix de mon père en regardant vivre ma petite famille qui ne l'avait pas connu, Chelsea assise sur le tapis, ses yeux pétillant d'intelligence alors qu'elle perdait des neurones à chaque lancer de dés en jouant aux soporifiques petits chevaux avec Elliott qui ne s'en lassait jamais et célébrait chaque six aux dés avec une danse d'épaules inspirée de sa mamie. Le jour de sa naissance, Chelsea avait suggéré le prénom de mon père comme deuxième prénom, ce qui se faisait pas mal, avait-elle eu la rare maladresse d'ajouter, pour rendre hommage aux aïeux et aux parents défunts. Dans mon esprit, mon père n'était pas un ancêtre, et s'il était défunt c'était nous, moi et ma famille, par notre respect scrupuleux de la loi du silence à son sujet, qui l'avions assassiné.

Ma mère se félicitait que nous ne regardions pas la télé tous les soirs comme c'était le cas chez elle. Sans la perfusion d'horreur de ses chaînes d'info en continu, elle reconnaissait respirer et dormir mieux. Le monde n'allait pas pour autant moins mal. Il y avait des manifestations, des scènes de chaos hebdomadaires. En attendant la guerre civile, les barrières antiémeutes commençaient à peine à être remisées derrière les sapins et les décorations de Noël. Des guirlandes ornées de motifs typiques formaient des charmilles lumineuses au-dessus des rues de notre quartier, historiquement ukrainien et polonais. Il régnait partout une atmosphère de trêve, exagérée, voire inventée de toutes pièces par l'humeur pacifique et réconciliatrice à laquelle me disposait l'écoute quotidienne de la voix de mon père.

Ma mémoire se reconstituait dans un effort constant mais indolore, un travail sous-marin auquel je ne prenais pas part mais dont je tirais les dividendes sous la forme d'une euphorie permanente, un flux d'impressions fugaces mais détaillées qui m'enchantaient. Je me rappelais, par exemple, l'odeur de plastique d'un magasin de jouets dans une rue piétonne de notre ville natale. Le commerce avait depuis longtemps été racheté et Google Maps n'en avait pas gardé la trace. Seule ma mère, qui m'y emmenait dès qu'on allait voir mes grands-parents, jadis, pouvait savoir. Mais quand je lui posais la question, elle traçait un pli sévère avec sa bouche fermée : aucun souvenir, encore moins d'intérêt.

Nous venions de terminer de dîner, un soir de la mi-décembre, quand ma mère m'a rejoint dans la cuisine. Elle avait le goitre écrasé de quelqu'un qui cherche un commentaire à faire sur n'importe quel sujet à l'exception du seul qui le préoccupe vraiment. Je remplissais le lave-vaisselle pendant que ma poêle en fonte chauffait sur le brûleur. Le soin fétichiste que j'apportais à ce monumental ustensile agaçait prodigieusement ma mère qui parvenait à y voir une critique de sa propre façon de cuisiner, celle d'une ménagère mal équipée mais pleine d'amour. Je lui rétorquais qu'un New York strip steak à 25 dollars la livre avait moins besoin d'amour que d'un certain type de rétention et de répartition de la chaleur. Ma mère a attendu que le dernier continent d'eau se soit évaporé sur la surface de ma chère poêle pour m'annoncer la surprise que nous anticipions tous : Nora, ma sœur cadette, faisait un découcher à Chicago et serait parmi nous à Noël !

Ses deux enfants réunis sous le même toit, c'était son vœu le plus cher, rarement exaucé à cause de la distance et de la personnalité compliquée de Nora. Elle avait des principes. Le moindre sapin, la moindre référence au petit Jésus lui hérissaient le poil. J'étais plus détendu sur le sujet. Elliott croyait encore au Père Noël et Chelsea et Danilo étaient allés chercher un superbe épicéa que nous avions décoré tous ensemble. La nuit, il clignotait dans notre salon dont le parquet et les boiseries vintage réverbéraient les lueurs.

Cette période de l'année ranimait en nous la mémoire de la catastrophe qui avait fendu en deux l'histoire de notre famille. Ma mère n'ignorait pas plus que moi que nous nous rapprochions du vingtième anniversaire de la disparition de *papa*, ce mot que je ne pouvais pas prononcer à voix haute dans ma langue, parce qu'il avait été un temps où sa tendre double syllabe suffisait à ouvrir les portes de l'enfer et à changer le deux-pièces où nous nous entassions en son irrespirable vestibule.

— C'est bien que Nora vienne, me suis-je contenté de répondre à son annonce, sans préciser ma pensée : c'était bien qu'elle vienne *cette année-là*.

Nous n'étions pas des sauvages et je pensais qu'il fallait marquer le coup, d'une manière ou d'une autre.

Elliott a couru dans la cuisine pour nous montrer son dernier dessin qui représentait, pour peu qu'on ait de l'imagination, son *avo* et lui en train de bâtir leurs avatars en bonhommes de neige. Ma mère a saisi son visage entre ses mains baguées de bohémienne.

— Je t'aime, mon chéri, a-t-elle dit en lui baisant le front.

Quand il est reparti vers le salon, j'ai demandé à ma mère si elle se souvenait de ma première cuite.

Elle s'est renfrognée.

— Bien sûr que je m'en souviens.

— J'avais seize ans, c'est ça ?

Sa langue a remué dans sa bouche fermée, gonflant bientôt une de ses joues.

— Tu avais vingt ans, m'a-t-elle dit à contrecœur, d'une voix plus faible que d'habitude.

— Mais non !

— Arrête, je t'en prie.

Je ne comprenais pas ce que j'avais dit pour la fâcher.

— Tu sais très bien que tu avais vingt ans. Que c'était il y a vingt ans pile.

— On ne parle pas de la même chose.

— Quand tu as vomi toute la nuit et qu'il a fallu te passer sous la douche et que tu n'arrivais pas à te laver tout seul ?

M'étais-je trompé de souvenir ? Elle n'allait pas parler spontanément de mon père mais allait-elle prétendre que ce n'était pas lui mais elle qui s'était occupée de moi cette nuit-là ? Impossible, je ne l'aurais jamais laissée voir mes parties intimes, à vingt ans encore moins qu'à seize.

— Je croyais que j'étais plus jeune. On n'avait pas de voiture à l'époque, c'est ça ?

Au lieu de rester en colère, elle a posé sa main sur la mienne avant de la faire pivoter sur elle-même avec un air extraordinairement sérieux, comme s'il ne s'agissait pas seulement de reprendre la parole mais d'inverser le sens de giration des planètes autour du soleil.

— Tu me promets de ne pas t'énerver ? Chelsea m'a raconté.

— Raconté quoi ?

— J'ai vraiment insisté, hein, ce n'est pas de sa faute à elle, mais elle m'a avoué que tu partais en week-end tout seul, plusieurs fois par an. Elle ne voulait pas m'en parler et elle m'a fait promettre de ne rien te dire, mais elle me pardonnera, dans son cœur de mère elle aussi sait qu'une mère ne cesse jamais de s'inquiéter, jamais, ta mémé disait qu'un léopard ne se sépare jamais de ses taches, elle avait raison : jusqu'à la fin des temps vous serez mes enfants, Nora et toi, la chair de ma chair. Alors, je te le demande, je te supplie de me dire la vérité : est-ce que tu continues de le chercher ?

Jusqu'à la fin de sa tirade, je ne savais pas si j'allais laisser déborder le bouillonnement d'acrimonie que je sentais monter en moi ou si je devais rester calme et composé, au contraire, pour lui répondre que je n'avais pas à lui répondre, et que je n'acceptais pas qu'elle se mêle de mes affaires, mais c'est comme si mes cordes vocales me prenaient par surprise en décidant toutes seules des sons qu'elles allaient faire vibrer dans l'air où nous suffoquions tous les deux :

— Non, je ne le cherche plus…

Je ne saurais décrire le sourire qui flottait sur mes lèvres à cet instant, mais il avait une propriété magique que j'aurais souhaité redistribuer au moindre de mes mouvements, afin de pouvoir, d'un simple plissement d'yeux ou d'un claquement de doigts, clouer le bec à ma mère. Non seulement elle se taisait, mais je voyais qu'elle était convaincue. Je l'ai serrée dans mes bras. Elle avait les joues mouillées en se détachant de mon étreinte, comme si son fameux instinct maternel lui donnait accès à la suite de ma réponse, à sa folie qui me retenait de la dire à haute et intelligible voix.

Je ne cherchais plus mon père parce que je l'avais retrouvé.

Oui, il m'en coûtait de laisser Elliott en compagnie de ma mère, pourtant dès la fin de notre leçon du matin je quittais la maison, prenant prétexte de rendez-vous administratifs ou médicaux, les inventant parfois carrément. Le lendemain de cette discussion sur mon père qui avait ou non nettoyé mon vomi, j'ai débarqué à l'improviste dans le quartier du bureau de Chelsea pour l'inviter à déjeuner. J'espérais bien qu'elle me rende des comptes sur ce qu'elle avait révélé à ma mère, sur mes absences, mon taux de présence ; les deux femmes de ma vie conspiraient, à mon bonheur, sans doute, mais je me sentais sous surveillance, manipulé par elles, à distance, piloté comme un drone dans l'espace aérien de ma propre vie.

J'attendais Chelsea à l'intérieur de notre food court rituel quand je l'ai aperçue sur le trottoir d'en face, ses cheveux blonds débordant de sa parka Patagonia. Elle était en grande discussion avec le doorman de l'immeuble où se trouvait son cabinet, l'inénarrable Huntley, un gros Père Noël noir avec une barbe blanche et d'infinies réserves d'un éclat de rire qu'il dispensait comme un jingle à la fin de la plupart de ses phrases, y compris celles qui n'avaient aucune visée comique. Sa livrée était un assemblage d'uniformes disparates, casquette de conducteur de train, pantalon ligné comme ceux de la marine marchande. Il avait toujours un petit mot pour les résidents et les gens qui travaillaient dans sa tour, un commentaire des résultats sportifs du week-end, le bonjour à passer à tel ou tel dont il avait retenu le prénom. Il semblait capable de filer une plaisanterie sur des semaines, des mois, des années, aussi Chelsea avait-elle adopté à son endroit une attitude d'indifférence préventive, susceptible, à tout moment, de muter en une franche et libératrice impolitesse. Je me demandais pourquoi, alors, elle discutait si longuement avec lui ce midi-là, en échangeant des moues si graves et solennelles.

— Il se passe quelque chose avec Huntley ? me suis-je enquis dès qu'elle m'eut rejoint en arrachant la moitié des serviettes de la petite boîte en libre-service sur notre table.

Elle s'est mouchée si fort que le couple d'employés de bureau tirés à quatre épingles à côté de nous s'est décalé de deux sièges. Pour une personne douée d'un intellect aussi raffiné, Chelsea était la maladresse incarnée. Ses manières rentre-dedans, à la limite de la grossièreté, me la rendaient irrésistible. J'aimais follement ses grands yeux bleus qui perçaient tout le monde à jour. Elle ne s'embarrassait pas d'atermoiements, de circonvolutions. Si un client estimait qu'elle favorisait sa partenaire, ou vice versa, elle arrêtait la séance et faisait craquer ses mains et ses épaules pour tout reprendre à zéro. On attribue souvent aux gens qu'on aime cette qualité rare d'être les mêmes dans tous les environnements sociaux, de ne pas varier de manière essentielle en fonction de leur interlocuteur. Chelsea était franche avec tout le monde, tant et si bien qu'en la voyant évasive au sujet de Huntley j'ai eu la certitude que, une fois n'est pas coutume, elle me cachait la vérité.

— Tu le connais : il peut bavasser pendant dix minutes sans que tu sois capable de dire de quoi vous avez parlé à la fin…

Face à nous, un groupe d'adolescents regardaient des vidéos de concours de gifles de l'UFC, en bandant les muscles de leurs nuques pour se persuader qu'à la place des malheureux compétiteurs qui mordaient la poussière ils ne se laisseraient pas mettre KO, eux.

Pendant que nous attendions nos sushis, elle m'a répété à quel point elle était contente que ma mère et Danilo passent ce long mois avec nous. Je ne mesurais pas vraiment, selon elle, la chance que j'avais d'avoir une mère si généreuse de son temps et de son amour.

— Vous parlez beaucoup, toutes les deux.

— Beaucoup.

J'allais passer à l'attaque mais une jeune étudiante dont j'avais repéré le gilet blanc auparavant est venue s'asseoir à côté de nous. Elle faisait signer une pétition, pour dénoncer un réseau de tortureurs de macaques implanté en Indonésie pour le compte de sadiques occidentaux comme vous et moi. Elle parlait avec des trémolos d'indignation et de dégoût dans la voix. Dans ma vision périphérique je distinguais les doigts de sa main dépassant d'une mitaine. Elle écrivait au stylo Bic sur un bloc-notes à dossier dur et le crissement de la pointe sur le papier me replongeait dans la cuisine où dessinait mon père. Je revoyais notre frigo jauni où s'affichaient, entre les listes de courses et les pages de calendrier, ses croquis du moment, un en particulier, d'un homme chauve assis dans le box des accusés, les yeux rivés à ses paumes de tueur.

— *Le Progrès*, ai-je murmuré, faisant se relever la tête de Chelsea.

C'était le nom du journal où avait travaillé mon père l'année précédant sa disparition. Pendant quelques mois il avait remplacé la dessinatrice judiciaire maison partie en congé de maternité. Ces souvenirs-là étaient frais et consistants, même si je m'efforçais de ne pas les sortir de leur écrin, de peur de les perdre eux aussi. J'en avais parlé à Chelsea, jadis ; elle n'était pas loin de souffrir d'hypermnésie et je me servais d'elle comme d'une mémoire externe, sans ignorer que je lui conférais ainsi un droit de vie et de mort sur mon identité même, les souvenirs ne s'empilant pas comme des objets au fond d'une boîte mais se fabriquant au long cours dans la petite usine de notre personnalité qui déteint sur eux et leur donne cette coloration changeante et néanmoins fantastiquement intime et singulière. Je lui avais décrit le costume dépareillé que s'était fait prêter mon père pour se rendre au tribunal et croquer les sessions d'assises où les caméras n'avaient pas le droit d'entrer. Pour quelqu'un comme mon père qui fuyait l'usine, les chantiers et l'inhumanité des patrons, aller s'asseoir sur un banc de bois dans une salle bien chauffée et s'appliquer à rendre une atmosphère et une tension dramatiques au moyen de quelques traits de fusain s'apparentait moins à une mission d'intérim qu'au rêve d'une vie. Comment avait-il dégotté ce job ? Ma mère ne savait pas ou ne voulait pas savoir, pour elle ce genre de détails n'avait pas plus d'importance que le choix d'un cercueil ou la texture d'un linceul n'en a pour un partisan de l'incinération.

Pendant les quatre ou cinq années où j'avais activement essayé de retrouver sa trace – où j'avais, selon ma mère, gaspillé ma jeunesse à le faire –, le tribunal de notre ville s'était imposé comme le point nodal de mes investigations, celui auquel je revenais sans cesse car dans quel autre lieu cet homme honnête et sans histoires aurait-il pu entrer en contact avec la criminalité, faire une mauvaise rencontre et finir au fond d'une rivière, en trop de morceaux pour qu'il soit possible de l'identifier ? Le directeur de la rédaction du *Progrès*, qui avait supervisé son recrutement, avait le regard fuyant, surmonté d'une paire de sourcils incrédules quand il m'a rappelé que mon père n'avait été au journal que quelques semaines, *hein.* Les plus heureuses de son existence, aurais-je dû lui répondre, à ceci près que je ne me permettais jamais à cette époque, pas plus qu'aux suivantes, d'ailleurs, de prononcer le moindre jugement définitif sur une vie d'homme qui n'avait pas connu son terme. Le décès n'ayant pas été acté, la mort n'était jamais qu'une hypothèse.

— Je te trouve pénible avec ta mère, a tenu à me dire Chelsea en me voyant émerger de cette nouvelle absence. Tu ne lui fais jamais de compliments, ça ne coûte rien et tu sais à quel point c'est comme de l'oxygène pour elle.

J'ai reconnu qu'elle n'économisait ni son temps ni sa peine pour nous faciliter la vie, mais mon intonation défensive trahissait l'ampleur des reproches au-dessus desquels j'avais à me hisser pour la voir et l'aimer comme la voyait et l'aimait Chelsea.

Elle avait raison, j'allais faire des efforts.

Nos doigts se sont trouvés sous la table, comme si nous avions quinze ans de moins.

Je dois dire que l'incendie qui me ravageait de l'intérieur restait sans effet sur mon apparence. Je ne ressentais aucune douleur, j'étais en forme, plein d'optimisme irrationnel, comme au début d'un flirt. L'avenir s'était remis à trembler depuis que le passé n'avait plus, pour moi, la forme d'un trou noir. Une voix sourdait des profondeurs. Les profondeurs s'éclaircissaient. Baigné dans leur lumière violette, j'avais envie d'être généreux, de faire plaisir. C'est ainsi qu'au lieu d'admonester Chelsea pour ses messes basses avec ma mère, je lui ai proposé, sur un coup de tête, de tenter d'envoyer Elliott à l'école en janvier, comme nous l'avions évoqué. Depuis plusieurs mois, elle exerçait sur moi une pression douce mais constante. Je savais qu'elle avait pris contact avec plusieurs écoles de notre quartier. La décision finale me revenait. Quand tu seras prêt, suggérait-elle sans le dire.

Elle a fermé les yeux un instant, pour s'assurer qu'elle n'avait pas halluciné.

— Oh mon amour ! s'est-elle exclamée en contournant la table pour venir m'embrasser.

Sa surprise était sincère et son baiser d'autant plus langoureux et profond. Nous nous sommes précipités dans son cabinet, au quinzième étage du bâtiment de briques sombres en face de la galerie marchande. Nous n'avions qu'un quart d'heure avant son prochain rendez-vous. Huntley, en nous ouvrant la porte, semblait avoir deviné pourquoi nous étions si pressés. Une fois en haut, Chelsea a baissé les stores de son bureau d'angle et s'est allongée sur le divan de cuir noir où s'entredéchirerait bientôt son prochain couple de clients. Elle portait une de ses affreuses robes jaune citron, et des collants noirs qui donnaient à l'ensemble un air de déguisement de Maya l'abeille.

— Tu t'habilles vraiment comme un sac.

Elle s'est mordu les lèvres en fermant les yeux, a remonté sa robe au-dessus de la taille, arraché ses collants, mais au lieu de la laisser me chevaucher comme d'habitude, je l'ai prise en missionnaire.

— On n'a pas le temps, a-t-elle soufflé, sachant que je n'atteignais jamais l'orgasme dans cette position.

J'ai saisi son cou à deux mains, ce qu'elle détestait, mais pas cette fois-ci, plus je la serrais plus elle murmurait oui, oui. Elle seule connaissait mon visage sans lunettes. Elle a rouvert les yeux, nous avons joué à qui les baisserait en premier, un jeu auquel j'étais imbattable vu que mes yeux ne voyaient rien. J'ai joui juste avant elle, très vite, en pensant que si je ne jouissais pas très vite mes mains risquaient de marquer sa peau au niveau des cervicales.

Elle a dit mon prénom dans un hoquet, comme si elle voulait s'assurer que je n'avais pas été remplacé par un sosie parfait au sexe de même forme, de même taille et semblablement circoncis.

Il y avait des taches de sperme et des sécrétions sur le divan. Nous les avons effacées en silence, avec les mouchoirs normalement destinés aux couples agonisants. À travers le vitrage dépoli, on pouvait distinguer des silhouettes assises dans la salle d'attente mitoyenne, à quelques pas : comment auraient-ils pu ne pas nous voir, ou nous entendre vu que la cloison avait l'épaisseur d'une porte de placard ?

Je ne voulais pas affronter le regard de Chelsea, mais elle m'a retenu d'un geste ferme au moment où j'avançais le bras vers la poignée. Son visage écarlate collé au mien, elle m'a caressé la joue :

— Tu es livide.

Elle m'a roulé encore une pelle et je suis sorti en baissant la tête pour éviter les clients et la secrétaire du cabinet que ma femme partageait avec une autre thérapeute.

En bas, Huntley le doorman faisait les cent pas sous le plafond Art déco, époussetant du plat de la main les banquettes capitonnées où personne ne s'asseyait jamais. Il m'a avisé mais s'est abstenu de me rejoindre et de m'entraîner dans un tunnel de banalités, optant plutôt pour un vague au revoir du plat de la main, si curieux de sa part que j'ai fait demi-tour après avoir franchi la porte, pour l'interroger au sujet de Chelsea.

— Depuis la semaine dernière, on est tous très vigilants, a-t-il dit à voix basse.

— La semaine dernière ?

Il a secoué la tête avec une moue désabusée, comme si je n'étais déjà plus là devant lui et qu'il se blâmait de s'être laissé avoir comme un bleu. Un groupe de cadres s'est engouffré dans le lobby ; longue procession de pingouins obèses et rigolards. Leurs chemises débordaient de leurs pantalons informes d'habitants du Midwest. Huntley les a accueillis avec le plissement de bajoues plein de mansuétude dont on a trop tendance à gratifier les défilés de supporters bourrés et les attroupements de garçons de manière générale. J'ai attendu sur le côté, au bord de son comptoir où il conservait une photo suspecte. C'était, en fait, la photo d'un suspect.

Six jours plus tôt, m'a-t-il raconté en surveillant les battants des ascenseurs, un inconnu masqué s'était posé au centre du lobby, juste là, au pied du sapin dont la pointe cruciforme tutoyait le lustre géant. Il avait attendu que l'ascenseur s'ouvre sur Chelsea pour lui aboyer dessus. Pas de façon métaphorique : en produisant de vrais sons de chien qui aboie. Heureusement, il ne l'avait pas touchée. Ses postillons non plus ne l'avaient pas atteinte, grâce à la muselière du masque en latex. Plus de peur que de mal, il s'était enfui avant de pouvoir être intercepté et la sécurité avait été prévenue.

— Bizarre quand même, qu'elle ne vous ait rien dit…

J'ai demandé à voir la photo, ne serait-ce qu'au cas où il découvrait notre adresse et se mettait à rôder dans notre quartier… À contrecœur, il m'a tendu la page imprimée à partir d'une capture d'écran de surveillance. C'était ce qu'il avait dit : un homme avec un masque de chien.

— Vous l'avez déjà vu ?

— Non, ai-je menti en enlevant mes lunettes embuées.

Je l'avais vu dans ma tête, quand Elliott m'avait raconté son cauchemar éveillé. Les oreilles dressées de doberman et le museau noir étaient portés par l'inconnu derrière le rideau de la chambre de mon fils, sur le trottoir d'en face. Je ne l'avais pas cru. J'avais même cru qu'il était fou, alors que ni lui ni moi ne l'étions : l'homme à la tête de chien existait en dehors de nos cauchemars et indépendamment d'eux, Huntley veillait à ce qu'il ne revienne pas dans les parages et la sécurité (qu'y avait-il de plus réel, de plus désespérément réel que la sécurité ?) avait été mise au courant.

— On dirait vraiment que vous le connaissez, a insisté le doorman en reprenant sa photo.

La question de sa couleur de peau, impossible à deviner sur la photo, me brûlait les poumons, mais comment l'aborder devant un employé africain-américain qui, sous ses dehors joviaux, méprisait naturellement, comme je l'aurais fait à sa place, l'absolue totalité des non-Noirs à qui il était payé pour faire risette ?

Je ne suis pas rentré chez moi cet après-midi-là. Ma mère et Danilo faisaient des puzzles avec Elliott. Ma mère avait un sixième sens. Le moindre signe de ponctuation manquant dans un de mes messages attirait immédiatement son attention. Elle m'a appelé pour s'assurer que tout allait bien. J'avais peur que ma voix ne réponde à ma place, j'ai écourté l'appel en prétextant être entré dans le métro, où le réseau était parfait mais elle n'en savait rien.

Aurait-il fallu que je retourne voir Chelsea pour exiger d'elle quelques explications au sujet de ce qu'il fallait bien appeler son agression ? Je craignais d'avoir à lui en fournir moi aussi. En marchant, sans but, dans un centre commercial sur cinq étages, je me souvenais d'un client, ou d'un presque client, qui m'avait menacé après que j'avais refusé de me pencher sur le sort de son disparu… qui n'était autre que son chien. Il m'avait contacté sur Facebook, deux ans auparavant, caché derrière un pseudo, pour s'offrir mes services. Il avait entendu parler des safaris dans un club de lecture qu'il fréquentait (le bouche-à-oreille dans les clubs de lecture était une source majeure de recrutement) et se disait prêt à payer un supplément si j'acceptais de venir le rencontrer, dans le Michigan voisin. La personne qui m'avait recommandé auprès de lui ne tarissait pas d'éloges sur moi, ma sensibilité, mes talents de conteur et de « nécromancien ». Inventer un safari pour un animal, qui plus est un chien, était naturellement au-dessus de mes forces, mais il ne l'avait pas admis et j'avais dû le bloquer pour qu'il arrête de me harceler. Je ne connaissais ni son nom ni son visage, se pouvait-il qu'il m'ait retrouvé et soit allé menacer Chelsea ?

J'essayais de me représenter le chemin mental qui conduirait un client débouté à acheter un masque de chien pour venir me tourmenter. J'atteignais les limites, je me cognais contre la vitre au bout de mon imagination. Pourtant, mon désir de tout savoir de lui n'était pas entamé le moins du monde. Facebook gardait la liste des comptes bloqués ; j'ai vite identifié son pseudonyme, Mike West (entre parenthèses « My Quest »), ai levé le blocage. Les paramètres de son profil empêchaient de savoir quoi que ce soit à son sujet, ni son lieu d'étude ou de résidence, ni son nombre d'abonnés. Quant à la photo en médaillon, mal cadrée, elle représentait un pitbull blanc à la langue pendante. Je l'ai ajouté en ami ; en attendant qu'il accepte ma requête, j'ai relu les quelques messages que nous avions échangés au sujet de son chien. Comme la plupart de mes clients, il était riche, non-croyant et souffrait de ce mal si répandu aux États-Unis, l'extrême solitude. J'étais resté courtois en refusant de l'aider, je n'avais rien dit qui justifiait qu'on s'en prenne à moi et aux miens.

Je n'aimais pas traîner sur Facebook, cette planète virtuelle à la dérive où pullulaient les faux comptes comme le mien et où je me rappelais le temps, avant mon exil américain, où je scrutais des milliers de photos en espérant y voir celle de mon père. S'il était impossible que je tombe sur lui par hasard, il n'était pas absurde qu'un homme de sa génération ayant refait sa vie se soit inscrit sur ce site. Un jour, bien sûr, j'avais cru l'avoir débusqué. Un homme au nom qui évoquait celui de ma famille paternelle, avec laquelle mon père avait très tôt coupé tout contact. Pour eux, sa disparition n'avait rien changé. Absurdité des liens du sang ; des invincibles liens du sang, car c'était bien mon sang que je recherchais en analysant méticuleusement chaque photo de cet inconnu qui ne répondait pas aux messages mais qui avait le nez des hommes de ma famille. Sa corpulence n'était pas la même, mais les corpulences peuvent changer. La forme de son visage n'était certainement pas celle de mon père, mais les barbes ne servent à rien d'autre qu'à modifier la forme d'un visage. Plus je le regardais, moins j'étais sûr qu'il s'agissait de mon père. Moins j'étais sûr qu'il s'agissait de mon père, plus je scrutais ses albums Facebook pour me persuader que c'était pourtant lui. Il aurait fallu que je m'astreigne à la discipline péniblement acquise au bout de plusieurs années d'incertitude – plusieurs années sans le moindre commencement d'une piste –, mais j'étais comme un alcoolique oubliant qu'un verre avalé par négligence, un soir de blues, a toutes les chances de le faire replonger pour de bon.

Ainsi je replongeais. Je rouvrais les vieux dossiers, reposais les questions lancinantes. La plupart des gens qui commettent un crime oublient qu'ils laissent des traces partout où ils passent, sur les surfaces qu'ils effleurent, les chemins qu'ils arpentent, jusque dans l'air qu'ils respirent. Pour disparaître efficacement d'une scène de crime, il fallait penser à un nombre de paramètres que je n'avais jamais cru mon père capable d'intégrer. Il n'était pas assez pointilleux pour préparer son évaporation. Même pour un pique-nique ou une sortie scolaire, il était trop distrait. Nos sandwichs étaient assemblés à la va-vite, il manquait toujours à nos paniers-repas (qu'il appelait des gamelles) des paquets de chips promis et oubliés, parfois à dessein, souvent même pas. Raison pour laquelle j'avais toujours privilégié la piste d'un assassinat ou d'une tentative à laquelle il aurait échappé en se terrant loin de nous, ne pouvant rien nous dire de sa nouvelle identité pour ne pas nous mettre en danger à notre tour. Certes, on ne lui avait découvert aucune vie clandestine qui l'aurait désigné comme cible intéressante. Il y avait cependant quelque chose de l'ordre du crime dans mon trop vague souvenir des derniers temps de la vie de mon père parmi nous, des silences pesants, coupables, une mauvaise ambiance, diffuse mais persistante, comme si, à la longue, un certain regard poisseux, une façon de se faire toiser en permanence l'avaient vidé de l'intérieur et avaient déposé en lui le sentiment d'être une sorte de personnage perpétuellement exotique, étranger à ses propres yeux, bientôt aux miens, peut-être, s'il était resté.

Mais il était parti, et ma compassion rétrospective ne lui servait pas plus qu'à moi.

Il semblait y avoir autant de Mike West sur Google que de John Smith et de Maria Garcia. Je me suis assis au bord d'une fontaine cernée d'escalators pour parcourir toutes les images associées au nom de Mike West. Aucune ne représentait de pitbulls ou d'homme avec un masque de doberman. Une heure avait passé, mes yeux fatiguaient. Recroquevillé sur mon smartphone, je descendais en rappel mais vers le fond du gouffre, et ce n'était sans doute qu'une question de temps avant que n'y clignote et ne se détache de l'obscurité, comme une infernale évidence, le visage d'ange de Gabriel.

Ce n'était pas n'importe quel chien que celui du masque de l'agresseur de Chelsea. C'était un doberman. Gabriel connaissait le tableau de Safari.

— Et si c'était lui ? ai-je dit à voix haute, attirant l'attention d'un vigile bedonnant qui me surveillait du coin de l'œil depuis que je m'étais posé dans sa ligne de mire.

Des certitudes se formaient, une roue crantée tournait dans mon esprit en feu. Gabriel avait tué mon père. Il avait appris sa voix. Connaissant ma passion phobique pour les dobermans, il s'était procuré un déguisement à long museau et grandes oreilles noires, et il s'était posté sous la fenêtre de mon fils. Il aurait fallu demander à Elliott quel masque, quelle race de chien, lui montrer des photos de différents spécimens, comme un défilé de suspects dans les commissariats de police au cinéma. En réalisant que je ne trouverais jamais le moyen de proposer une chose pareille sans avoir l'air d'être totalement passé de l'autre côté, j'ai envoyé des SMS à la chaîne à Gabriel, qui ne répondait pas.

Alors je l'ai appelé, trois fois de suite. Quand il a décroché, j'ai cru entendre un soupir de mauvaise humeur. Nous nous connaissions à peine. Jamais, lors de nos interactions de vive voix, nous ne nous étions approchés de la zone de turbulences et d'animosité qu'il faut avoir traversée ensemble au moins une fois pour devenir véritablement amis.

— Je ne suis pas disponible aujourd'hui, m'a-t-il dit sur le ton d'une sentence sans appel.

J'ai parlé d'une urgence, sans avoir la moindre idée de ce que j'allais répondre s'il me disait *mais encore* ? Allais-je lui demander s'il possédait un masque de doberman ?

Il délibérait en silence.

— Je ne suis pas seul, a-t-il fini par avouer en ayant l'air de mâcher quelque chose.

Il n'était plus possible d'insister, maintenant, alors je n'ai rien dit, pour qu'il perçoive de lui-même, à l'irrégularité de mon souffle, l'état de détresse où je me trouvais. Après m'avoir fait patienter un instant, il m'a finalement donné rendez-vous au pied d'une résidence moderne de Streeterville, un quartier cossu en bordure du lac. Il terminait avec un client. Quel client, quel business ? Qui était-il ?

— À trois heures pile, a-t-il répliqué sans tenir compte de mes questions qui n'avaient peut-être pas franchi la barrière de mes lèvres. Pas avant, pas après.

Je souriais en chemin, malgré moi, malgré la noirceur des pensées qui m'assaillaient : ce « pas avant, pas après », ne l'avais-je pas entendu tel quel, dans la bouche de mon père, quand il m'avait proposé de le rejoindre au tribunal, pour me montrer à quoi ressemblait une de ses journées de travail ? J'avais mis ma plus belle chemise, j'étais arrivé pile à l'heure. Son pupitre offrait une vue avantageuse sur le prétoire. Il avait un badge à son nom autour du cou, et une mallette prêtée par l'artiste qu'il remplaçait, « du bon matériel », disait-il, et je dessinais mentalement la manière dont ses lèvres s'ourlaient quand il prenait plaisir à reconnaître la supériorité d'un talent, la bonne organisation d'un événement ou les qualités d'une collègue, entre l'envie et l'admiration mais pas à mi-chemin, toujours résolument plus près de celle-ci que de celle-là car il avait pour philosophie personnelle de ne pas regarder dans l'assiette du voisin, c'était son expression phare. J'allais d'ailleurs demander à Gabriel s'il la connaissait, cette expression, pour l'enregistrer en train de la dire et m'en faire un mantra en MP3 afin de m'aider à vivre, mais dès que je l'ai vu sur le trottoir où il avait dit m'attendre j'ai ressenti le frisson de la folie qui m'enveloppait de tous côtés et m'empêchait d'aller à sa rencontre. J'entendais à nouveau la voix tremblante d'Elliott, je revoyais son doigt levé vers le rideau que je n'avais pas osé tirer pour le rassurer.

Gabriel ne portait pas de masque de chien mais un énorme sac à dos rectangulaire, surmonté d'un panneau cylindrique ressemblant à un tapis enroulé sur lui-même. J'en ai déduit qu'il venait de masser quelqu'un à domicile, ou de donner un cours de yoga privé ; ou de se livrer à une autre activité décente, du genre qu'on pratique à visage découvert. Mais je ne pouvais chasser de mon esprit l'image de cette tête que je connaissais désormais par cœur, affublée de fausses oreilles noires et d'un long museau de doberman. Je m'étais caché derrière l'abribus du trottoir opposé, impossible à repérer, à moins que Gabriel n'ait su exactement où regarder. Au bout de quelques minutes, il a sorti son téléphone pour m'appeler. J'ai laissé sonner, et quand, las de patienter, il s'est mis en mouvement, je l'ai suivi, à distance, dans le dédale de rues et de niveaux de ce quartier résidentiel rigoureusement perpendiculaire. Par deux fois, il m'a semblé qu'il m'avait vu, sans modifier pour autant son allure ni son pas, étrangement lent et saccadé. Il ralentissait à chaque fois qu'un quidam accrochait son regard ou l'interpellait.

Après avoir longé la rivière et regardé le pont-levis de State Street s'ouvrir en deux et se relever pour laisser passer un assez gros bateau en provenance de l'estuaire, il s'est engouffré dans une bouche de métro, en sautant par-dessus le portique, comme le faisait mon père qui n'avait sans doute jamais payé un seul ticket de transport en commun de sa vie, que ce soit seul ou en ma présence.

En m'installant dans le wagon derrière celui de Gabriel, je me rappelais les clins d'œil de mon père pour que je cesse d'angoisser à la pensée qu'un contrôleur ne monte à bord et ne l'humilie comme un gamin. Je détestais cette innocente tradition anarchiste, comme la décrivait mon père. Le frétillement réprobateur des narines des honnêtes usagers au moment où l'on resquillait m'était insupportable, à moi le bon élève, l'enfant rêveur et sage qui ne trichait jamais. Je gémissais, j'aurais voulu bondir hors de ma peau, même si une fois à bord, mon père se serrait contre moi et me prenait par l'épaule pour me protéger, comme je protégeais mon fils, bien des années plus tard, en pourchassant l'homme qui nous voulait du mal.

Le métro aérien filait vers l'ouest, plus loin vers l'ouest que je n'étais jamais allé. Je surveillais Gabriel à travers les hublots des portières qui séparaient nos deux wagons. Parfois, un SDF les franchissait pour traverser le boyau à l'air libre et provoquait un vacarme assourdissant dont je redoutais qu'il ne fasse se retourner brusquement ma cible. Le reste du temps, à chaque secousse dansaient les hublots et la tête nue de Gabriel en ligne de mire. Son trajet a duré plus d'une heure. Il est finalement descendu dans une banlieue si éloignée du centre qu'on aurait dit celle d'une autre ville. Les devantures étaient en espagnol. On croisait des clochards frigorifiés gisant à même le trottoir ; c'étaient peut-être seulement les cartons et les tentes qui leur servaient de couchage.

Gabriel ne se retournait plus jamais, il marchait maintenant d'un bon pas, celui d'un homme qui sait où il va. Nous nous étions tellement éloignés de la bouche de métro qu'on n'entendait plus le passage des trains sur le rail surélevé. Les pâtés de maisons délabrées se succédaient en silence. Une façade sur trois semblait abandonnée, inoccupée. Puis, soudain, une rue marchande a surgi au détour d'une contre-allée semée d'arbres sans feuilles. Gabriel scrutait les numéros jusqu'à ce qu'il repère une porte grillagée et y pénètre. Un panneau illisible, aux lettres effacées par trop d'hivers, ornait la devanture.

J'ai attendu une vingtaine de minutes mais il ne ressortait pas. Au bout d'une heure j'avais trop froid malgré ma parka doublée de polaire. On commençait à s'inquiéter, à la maison. On m'écrivait pour savoir si j'étais passé à Whole Foods. N'y tenant plus, les yeux mouillés de rage et de confusion je suis entré dans l'établissement. C'était un sex-shop. Il n'y avait aucun client à l'intérieur, seulement un jeune employé avec un vilain duvet sur les lèvres, absorbé dans un jeu vidéo dont il n'a pas levé les yeux quand je lui ai demandé où était le client entré en milieu d'après-midi, ni même quand j'ai haussé le ton pour savoir si la boutique disposait d'une sortie par l'arrière. Aux deux questions la réponse était négative. Je n'avais aucune raison de mettre sa parole en doute. Sauf que Gabriel était forcément là ou pas là, à l'intérieur ou déjà dehors. Il n'avait pas pu se volatiliser, alors par où était-il passé ? *Par où ?*

J'ai fini par lui faire peur, il m'a montré la porte en métal derrière lui, qui communiquait avec la cage d'escalier de l'immeuble, et les appartements privés de gens qui n'avaient rien à voir avec la licencieuse boutique. Un corridor jonché d'ordures ouvrait sur un chemin grillagé qui rejoignait la route. Je n'étais pas devenu fou, Gabriel ne passait pas les murs. Au moment où j'allais m'engager à sa suite, persuadé d'avoir pris trop de retard pour espérer retomber sur sa silhouette agrandie par le tapis de yoga, une voix en espagnol m'a crié dessus, depuis le deuxième étage. Il descendait à toute vitesse, dans un fracas terrifiant. Heureusement, c'est un tout petit monsieur qui s'est matérialisé devant moi, debout sur la troisième marche depuis laquelle il devait quand même lever un peu la tête pour m'agonir de ses protestations dans une langue que je comprenais mal. On lui avait vendu un sac et un tapis de yoga mais il y avait un trou dans le tapis, est-ce que j'étais avec lui, l'homme noir qu'il avait contacté sur Craigslist ? Il a fini par renoncer à récupérer ses vingt dollars, et mon cœur s'est arrêté à la pensée que Gabriel avait traversé la ville d'est en ouest et perdu tout son après-midi, en plus du mien, pour une somme aussi dérisoire.

Après une nuit de deux ou trois heures, tandis que je préparais du café pour la maisonnée qui se réveillait au compte-gouttes, j'ai enfin reçu un message vocal de Gabriel qui souhaitait « retenter le coup » dans l'après-midi, à trois heures pile, encore une fois. Il ne me demandait aucune justification pour ma dérobade de la veille et il y avait une telle douceur, une telle gentillesse dans sa voix, la voix de mon père, que tout mon échafaudage de scénarios et d'hypothèses cauchemardesques s'est effondré d'un coup. Au bout de la quatrième écoute, j'étais disposé à lui demander pardon de l'avoir pris en filature comme un minable malfrat. Lui, cet homme si généreux, ce voyageur temporel qui avait eu mille vies et qui trouvait malgré tout que la mienne présentait quelque intérêt…

Il proposait que nous nous retrouvions au musée, où il avait mystérieusement prévu de passer la journée. Pourquoi ne pas se voir plus tôt, alors ? Je n'ai rien dit. Je ne voulais pas le brusquer, ni risquer de troubler ma récente et néanmoins solide conviction qu'il n'avait aucun rapport avec le malade mental au masque de chien qui avait aboyé sur Chelsea.

Je suis sorti de la Blue Line sur Clark/Lake peu après l'heure du déjeuner. L'odeur du musée des Beaux-Arts m'évoquait maintenant Gabriel, de même que le bruit des pas sur les parquets. J'avais composé un laïus que je savais par cœur, mais son destinataire était encore accompagné quand j'ai débarqué dans la salle des Safari, avec un quart d'heure d'avance, comme il avait dû s'y attendre. Une femme contemplait *Rabid Dogs* à ses côtés. Depuis l'entrée sans portes où je m'étais figé, je pouvais voir son visage d'un quart de profil, intense, secoué d'émotions que je devinais contradictoires, mais surtout j'étais à la bonne distance pour écouter la voix de Gabriel qui attirait l'attention de son amie sur le vert quasiment noir de l'eau de la baie de Saint-George bordée de conifères, et cette voix me frappait car ce n'était pas celle de mon père, elle était plus aiguë, plus aigrelette, la douceur et la chaleur humaine l'avaient désertée et mon cœur ne battait plus car oui, c'était indubitablement la voix d'un autre.

Quand il s'est aperçu de ma présence, il ne s'est pas décomposé, au contraire : il s'est hissé jusqu'à l'oreille de son amie et ne m'a pas lâché des yeux en lui communiquant des instructions précises relatives à ma présence (elle s'est brusquement tournée vers moi) et à mon identité (elle a ouvert sa large bouche aux dents immaculées pour produire un ah d'approbation enthousiaste).

— Merci de nous avoir fait découvrir Omid, a-t-elle dit en effet, avec un fort accent du Wisconsin ou du Minnesota, en capturant ma main dans les siennes.

Qui c'était, « nous » ? Étais-je fou de croire qu'il s'agissait d'elle et de Gabriel ? Elle avait dans les cinquante ans, et sans l'avoir jamais vue auparavant je sentais qu'on disait d'elle qu'elle était aussi belle voire plus encore que dans sa jeunesse. Elle s'appelait Harmony. Elle portait des bracelets et une montre brillante, sans doute hors de prix. Un châle de plusieurs nuances de crème l'entourait comme les anneaux de Saturne. Elle me faisait un peu l'effet d'une planète jumelle de la nôtre mais où n'auraient existé que l'hémisphère Nord et les meilleurs spécimens de l'humanité blonde.

Elle avait désigné mon peintre préféré par son prénom, comme si c'était un membre par alliance de sa puissante famille, le mari exotique d'une cousine anticonformiste.

— Je m'appelle Harmony, a-t-elle dit en ayant l'air peinée que je n'enlève pas mes lunettes de soleil pour la saluer.

Elle devait y aller, de toute façon. Gabriel l'a saluée d'un geste chaste et lointain. Il s'est rapproché de moi et nous l'avons regardée s'éloigner en silence : lui, hypnotisé par les ondulations de son élégante silhouette ; moi, aveugle à tout cela, trop occupé à scruter le sourire échangé entre Gabriel et Harmony où je cherchais à déceler une inflexion érotique.

— C'est une personne qui a énormément souffert, a déclaré Gabriel.

— Tu la connais d'où ?

Il s'est tourné vers moi ; un mouvement théâtral, de la tête et des épaules :

— C'est un interrogatoire ?

Sa voix était à nouveau celle de mon père, j'avais probablement halluciné.

Cependant, il paraissait soudain distrait, et d'une manière parfaite, complète, comme si elle avait été préméditée.

— Si c'était un interrogatoire, ai-je osé en me rappelant trop précisément les sonorités que je venais d'entendre, je te demanderais pourquoi tu avais une voix différente en parlant à ton amie…

— À Harmony ?

Il essayait de gagner du temps.

— On m'a déjà dit que j'avais une voix différente en anglais.

— Non, non, ai-je persisté au risque de paraître agressif. On aurait dit que ce n'était pas *ta* voix.

Je n'avais pas encore déclenché l'application dictaphone sur mon téléphone, mais dès mon retour à la maison j'ai noté pour ne pas l'oublier la réponse qu'il m'a faite alors, dans un des carnets que j'avais commencé à noircir avec les perles rhétoriques d'Elliott et qu'envahissaient désormais, depuis ma rencontre avec le sosie vocal de son grand-père, les proverbes et autres expressions *bourrées de sagesse* qu'il délivrait entre deux fredonnements de tubes de variété et de chansons du bled.

— Nul n'est propriétaire de rien ici-bas, ni de sa voix ni du reste.

— Tu te moques de moi. Tu imitais la voix de quelqu'un d'autre en parlant à cette femme, je sais ce que j'ai entendu.

— Je m'inquiétais pour elle, oui. Tu ne t'en es pas aperçu, mais il y avait un groupe d'enfants en uniformes qui s'approchait.

— Et alors ?

— J'ai eu peur qu'elle soit mal à l'aise. Oublie. Tu ne comprendrais pas…

Ses sourcils étaient longs et fins ; il avait une façon dramatique de les froncer quand je le contre-interrogeais, qui me dissuadait de m'entêter. Il me fixait en m'écoutant parler, et continuait de me fouiller du regard en prenant son tour de parole. Quelque chose en lui m'impressionnait autant que l'océan ou la vue des montagnes ; il était beau et calme et je ne voulais surtout pas le décevoir, comme je n'aurais pas voulu décevoir mon père, du temps où il était le seul à posséder sa propre voix. S'il était encore vivant, je ne l'imaginais qu'aphasique. Sa voix avait physiquement migré dans la chaleur d'une gorge étrangère, localisée à Chicago, dans l'État de l'Illinois.

— Tu te poses trop de questions ! s'est-il exclamé, d'un cri radieux, rieur, qui m'étranglait l'aorte et m'a fait porter ma main à la poitrine.

C'était lui, c'était mon père. Ses cordes magiques vibraient depuis les tréfonds de ma mémoire vocale. Et pourtant, un instant, je me suis cru sur le point de résoudre l'énigme. N'avait-il pas tout simplement une voix qui ressemblait à la mienne, qui elle-même ressemblait à celle de mon père ? Ne dit-on pas qu'on n'entend jamais le véritable son de sa propre voix ?

N'étions-nous donc que des échos les uns des autres, sans rien ni personne dans l'univers pour nous consoler ou même seulement pour nous entendre ?

— On ne se pose jamais trop de questions, me suis-je défendu.

Je grimaçais à chaque fois que je balançais ce genre de réponses, que ma sœur appelait des phrases d'écrivain.

Gabriel a roulé les yeux au ciel comme s'il m'adressait le même reproche.

Nous n'avions pas la même échelle de valeurs et de susceptibilités, lui et moi : il n'aimait pas qu'on demande aux gens ce qu'ils faisaient dans la vie, une vie ne pouvait se résumer à un métier, à une occupation professionnelle ! Il se crispait aussi quand on parlait d'âge et refusait pour cette raison de me donner le sien. De même pour ce que Harmony représentait pour lui et lui pour elle. Il s'enhardissait et prenait un air à la fois supérieurement serein et parfaitement stupide, même si je ne m'en rendais pas compte à l'époque, aveuglé par tout l'amour que son arrivée dans ma vie avait remué dans ses fonds sablonneux.

Il mimait le mot motus en se cousant la bouche d'un élégant trait de pouce.

Sur le drame de la gracile Harmony il était, en revanche, intarissable. En déambulant dans les autres salles du musée, les mains derrière le dos comme un vieux de la vieille, il a entrepris de me raconter la vie qu'elle et son ex-mari Bob menaient à Minneapolis, dans leur McMansion à plusieurs millions de dollars. Ils avaient eu beaucoup de mal à concevoir leur premier enfant et n'avaient pas réussi à retomber enceints (à l'américaine, Gabriel utilisait le pluriel pour désigner les coresponsables et coacteurs d'une grossesse), si bien que leur petit Jimmy avait grandi seul dans une maison rêvée pour accueillir une famille nucléaire et les irradiations d'une grande fratrie, subissant par conséquent l'excès d'attention et de soins qui étouffent les jeunes années des enfants trop désirés. Harmony était l'héritière d'un empereur de la distribution automatique, elle n'avait pas besoin de travailler, ni son mari ni son fils et les futurs descendants de celui-ci, mais elle était chrétienne et n'imaginait pas vivre sans se soucier de son prochain. Elle courait toute la journée, d'œuvres de charité en galas de bienfaisance. Elle portait des bijoux en or, elle participait à des comités, c'était ce genre de personne qu'on décrit comme un pilier de sa communauté. Jusqu'à ce jour fatal, sur le parking d'un hypermarché près de l'aéroport. Des avions décollaient ou atterrissaient sans cesse, leur proximité paraissait irréelle. Harmony remplissait le coffre de sa voiture pendant que son fils de quatre ans jouait sur le siège du conducteur, à portée de voix, d'engueulade quand il appuyait sur le klaxon, mais pas de regard. Un instant de relâchement, un clin d'œil avaient suffi pour qu'il sorte de son champ de vision pour toujours.

Il n'y avait pas autant de vidéosurveillance qu'aujourd'hui à cette époque. La police a fait ce qu'elle pouvait, sans lui cacher que les affaires de disparitions inexpliquées qui ne sont pas résolues dans la semaine ne le sont souvent jamais.

— Une douleur inconcevable, méditait Gabriel à voix haute tandis que je me liquéfiais en l'écoutant, comme au tout premier jour, dans la serre tropicale, quand mes genoux m'avaient lâché.

Inconcevable torture de ne pas savoir, et de ne pas pouvoir trouver le repos tant qu'on ne saura pas. Était-il mort ou vivant au fond de la cave d'un monstre ? Avait-il été kidnappé ? Trafiqué ? Adopté par une nouvelle famille ? Emporté par la rivière qui coulait à proximité, son corps livré en pâture aux charognards ?

En l'absence de restes, de témoins, de suspects, l'enquête piétinait, connaissait des ratés, aucune piste sérieuse, en tout cas, n'avait émergé au cours des premiers mois. Les mois avaient pris la forme ou le nom des années. Bob avait sombré dans l'alcool et les médicaments ; leur couple n'avait pas survécu à la tragédie. L'agence fédérale qui traitait leur affaire se contentait de recouper les signalements, toujours faux, avec les trajectoires de prédateurs généralement mythomanes. Harmony dilapidait son héritage en détectives privés plus ou moins crapuleux, qui finissaient tous par lui proposer de médiatiser la disparition de Jimmy pour relancer l'enquête. Une émission à forte audience, sur NBC, lui avait consacré un sujet. « Cauchemar dans les Twin Cities », un titre racoleur dans le genre. Des appels avaient retenti au standard. Sans résultat.

Pour ne pas s'effondrer à son tour, Harmony était partie s'installer aux Philippines. Elle y avait fondé un orphelinat, la Maison de l'Harmonie. Les bambins qu'elle arrachait à la misère l'appelaient Nanay, maman en tagalog. Les années passaient. Petit à petit elle avait cessé d'utiliser le conditionnel ou le futur au sujet de Jimmy, l'imparfait s'était imposé à ses ressassements, jusqu'à ce qu'elle ne puisse plus distinguer son petit disparu de ces indélogeables résidents du passé que sont les morts. Chaque matin, sa première pensée était pourtant que son fils avait maintenant quatorze ans et que son cœur battait, ailleurs, loin d'elle mais quelque part.

Elle venait de rentrer en Amérique quand elle avait fait la connaissance de Gabriel.

— Elle avait acheté un appartement à Chicago, cash, pour avoir un pied à terre et lever des fonds auprès des amis de sa famille. Pour financer un nouvel orphelinat, ou rénover l'ancien, je n'ai jamais vraiment compris. Elle mangeait tous les jours à trois heures de l'après-midi dans le restaurant où je travaillais à l'époque, dans le West Loop, sur Morgan Street. Toujours toute seule, parfois en visioconférence avec Manille. Il fallait qu'on attende qu'elle ait fini pour arrêter le service. Les gars la détestaient. Pas moi. Je la regardais dévorer son assiette. On voyait la fille bien élevée qui se lâchait. Elle bouffait comme si elle se vengeait sur la nourriture. Je crois qu'elle ne faisait qu'un repas par jour. Celui-ci.

Il imitait les mouvements d'un mangeur vorace, insatiable, qui n'avait pas assez de ses deux mains pour acheminer la nourriture jusqu'à sa bouche.

Je ne savais pas s'il s'attendait à ce que je rigole avec lui, mais j'étais trop terrifié pour donner le change, même au moyen d'une grimace.

— Un jour, j'ai fait avec elle ce que j'ai toujours fait dans ma vie : prendre les devants, forcer le destin, sourire aux inconnus. Et on a parlé. Ça oui, on a parlé, haha !

Il a éclaté de rire, si fort que j'ai réussi à l'accompagner d'un sourire, cette fois-ci, même si je n'avais toujours aucune idée de ce qui lui paraissait si amusant.

— Bref : je me suis pris d'affection pour elle. Elle était très active online, dans des groupes d'information sur les sectes pédophiles sponsorisées par le gouvernement, qui enlèvent des enfants pour prélever leur sang et le réinjecter dans les veines de milliardaires assoiffés de jeunesse éternelle.

— La pauvre, ai-je commenté, à bout de souffle, en ressentant l'éloignement physique d'Elliott, à ce moment-là de ma vie, comme un scandale, une faute que je risquais de ne jamais me pardonner.

— Tu n'y crois pas ?

— À quoi ?

— Ben à ces sectes ! Si j'avais un enfant, j'y penserais vingt-quatre heures sur vingt-quatre.

Je l'ai dévisagé, incapable de deviner à son ton s'il était sérieux ou s'il me faisait marcher. Ses yeux, solennels au point de paraître menaçants, ne me renseignaient pas davantage.

— En tout cas, a-t-il repris en revenant vers notre point de départ (nous avions fait le tour de l'étage), le moins qu'on puisse dire est que Harmony a été sensible aux tableaux de Safari. Je me suis permis de lui répéter ta théorie. L'artiste de la disparition. Je ne sais pas si j'ai été aussi convaincant que toi, mais elle a paru intéressée. Elle s'est mise à regarder les tableaux différemment après avoir compris qu'il y manquait quelque chose… enfin, quelqu'un…

Nous admirions une huile sur toile de Safari, le plus petit cadre de la salle, devant lequel personne ne s'attardait jamais. *Footsteps in Virgin Snow*, « Traces de pas dans la neige fraîche », représentait un chemin enneigé flanqué d'arbustes, mais je n'arrivais plus à identifier les empreintes éponymes au milieu du chemin, les aplats de blanc n'étaient contrastés par aucun trait, aucune de ces ombres bleues que j'évoquais dans ma monographie non publiée. L'œuvre signifiait soudain le contraire de tout ce que j'avais cru : elle ne racontait pas la désertion en train de se faire, mais la simple et banale particularité de marcher sous une neige tombant si vite et si dru qu'elle efface immédiatement les traces de nos pas.

— Je ne vois plus rien, ai-je murmuré, la voix brisée.

Et je me suis soudain mis, en effet, à ne plus voir. La tache noire qui m'avait aveuglé dans les allées de la serre de Lincoln Park assombrissait à nouveau mon horizon. Gabriel m'a aidé à m'asseoir. Il a appelé un Uber pour me ramener chez moi mais je me suis cogné le front en évaluant mal les dimensions de la portière. Aussitôt, il a proposé de me raccompagner jusqu'à Logan Square.

Nous ne parlions pas dans la voiture. Depuis la banquette arrière, je ne distinguais plus rien, ni les pubs racoleuses d'avocats spécialisés en accidents de la route ni les crevasses qui provoquaient ces accidents.

En arrivant dans mon quartier, j'ai posé ma main sur celle de Gabriel. J'allais lui demander pourquoi il avait passé tant de temps à me conter l'histoire d'Harmony – ma hantise absolue –, s'il avait une idée derrière la tête en me la contant, et s'il était véritablement tombé sur nous par hasard à la serre de Lincoln Park, et ce qu'il savait de moi et de mes safaris, et s'il en avait après moi ou après Elliott, auquel cas il me faudrait l'étrangler sur place même si ce serait difficile car je l'adorais, j'allais d'ailleurs lui avouer pourquoi je m'étais entiché de lui, j'allais lui dire que sa voix était exactement celle de mon père et que je ne pouvais plus vivre sans elle, sans lui, parce que comme l'enfant de sa richissime amie mon pauvre papa avait été aspiré dans une dimension inconnue de l'espace-temps et qu'il me manquait, qu'il me manquait affreusement, mais à peine avais-je prononcé son prénom pour commencer ma phrase qu'il m'a interrompu pour m'annoncer une mauvaise nouvelle, la pire nouvelle, en retirant sa main et en adoptant un ton neutre et froid comme le bitume mal dégivré de notre rue :

— Je dois partir quelque temps.

J'ai tout juste eu le temps de m'entendre penser qu'un gouffre s'ouvrait à mes pieds, avant d'y sauter à pieds joints car je n'avais plus rien à perdre depuis qu'on menaçait de me prendre l'essentiel.

— S'il te plaît, reste.

Il a tenu à s'assurer que le chauffeur connaissait bien l'adresse de son prochain arrêt.

— On passe beaucoup trop de temps ensemble, m'a-t-il alors balancé, d'une épouvantable voix chuchotée, une de ces voix bienveillantes et sermonneuses qui font s'incliner la tête et les sourcils de votre bienfaiteur et qui vous salissent au long cours, au très long cours.

Mon aveuglement, passager, était passé, à cause, sans doute, de l'humiliation qu'il venait de m'infliger. La mort dans l'âme, je lui ai dit au revoir, et je suis sorti de la voiture pour regagner le porche de la maison. Ma mère avait pris l'initiative d'accrocher une couronne de Noël ornée d'un ruban rouge à la porte d'entrée. Je l'ai arrachée pour la piétiner tandis que s'éloignait Gabriel, dans son Uber noir et brillant comme un corbillard.

Les jours suivants, je gardais les yeux rivés sur Elliott. Sa chambre, au premier étage, était trop éloignée de la nôtre à mon goût ; un intrus pouvait s'introduire chez nous, grimper l'escalier et atteindre le saint des saints sans que nous puissions nous en rendre compte. Heureusement, le bureau, pourvu d'un confortable canapé-lit, servait d'alcôve en prolongement de la chambre d'Elliott séparée par une porte à doubles battants mal ajustée qui me permettait d'entendre sa respiration la nuit. J'ai dit à Chelsea que je souhaitais m'y installer en attendant l'arrivée de ma sœur à qui nous l'attribuions quand le deuxième étage était pris. C'était une pièce rudimentaire avec du parquet noir, une seule fenêtre et la pire connexion à Internet de la maison.

— Tu fais des insomnies ? m'avait demandé Chelsea sur ce ton euphémistique et flûté qu'elle réservait à ses diagnostics à brûle-pourpoint.

J'avais un beau sourire à l'époque, disponible à tout instant, surtout quand je lui mentais. Elle n'en était pas dupe, je crois. L'omniprésence de Gabriel dans mes pensées avait forcément allumé en elle un soupçon. Nous avions un deal tacite. Avant moi, Chelsea avait enchaîné les histoires toxiques à la sortie de l'adolescence, puis elle avait connu les affres et les extases de la passion, avec une autre femme, une artiste qui, d'après elle, me ressemblait beaucoup mais qui, contrairement à moi, ne l'aimait pas. Enfin, elle m'avait rencontré et nous formions, de l'avis général, un couple fonctionnel et une famille heureuse. Malgré son éducation affreusement puritaine, Chelsea considérait la fidélité comme un spectre. Au vu de nos conversations sur le sujet, je n'excluais pas qu'elle ait eu des aventures d'un soir et je ne lui en tenais pas rigueur, comme elle ne m'en aurait pas voulu si j'avais commis de banals écarts conjugaux.

Hélas, je ne désirais pas Gabriel, mais le besoin que j'avais de lui, de sa voix, surpassait la libido comme seule une adoration de type religieux en est capable. Je ne comprenais pas les sentiments qui me liaient à lui depuis si longtemps, plus encore après son départ. Je ne voulais pas admettre qu'il était l'homme au masque de doberman, tout en ne pouvant pas croire sérieusement qu'il s'agisse de quelqu'un d'autre.

Mike West n'avait pas répondu à ma demande d'amitié sur Facebook. Avait-il lu mon message où je me déclarais prêt à lui écrire une biographie canine, finalement ? J'essayais de changer mon regard sur le meilleur ami de l'homme ; étais-je véritablement un homme si son plus fidèle compagnon était mon pire ennemi ? Quand j'amenais Elliott au parc, je m'asseyais sur un banc qui me permettait d'observer, à travers les grillages du parc à chiens, ce monde parallèle où les humains cohabitaient avec les monstres. La tendresse et l'affection dont les maîtres entouraient leur animal me terrifiaient. J'étais devenu accro à un type de vidéos YouTube que l'algorithme me recommandait quotidiennement : les images d'héroïques sauvetages de chiens errants par des bons samaritains… mais que je visionnais à l'envers, si bien qu'on avait l'impression qu'ils les mettaient dans la boue, les jetaient dans les ravins, dans les poubelles. Fallait-il y voir une métaphore de ma propre entreprise de sauvetage par la littérature ? L'algorithme était-il devenu moral ? Essayait-il de me donner une leçon ?

Un chien disparaît. S'est-il enfui ? A-t-il été empoisonné par des voisins inquiets pour la sécurité de leurs enfants ?

Je n'ai jamais dépassé la première ligne de la première page du livre de Titan, puisque tel était le nom du pitbull de Mike West.

Nous nous sommes rendus à la fête des enfants qu'organisait à chaque Noël le musée des Beaux-Arts, dont j'étais membre à l'année depuis que nous vivions à Chicago. Dans la grande salle du pavillon principal, un spectacle de cirque captivait les enfants, assis par terre, les nuques inclinées vers les rubans où une acrobate déguisée en personnage de manga se contorsionnait sous les faisceaux d'un projecteur multicolore. Elliott scrutait chacun de ses mouvements, bouche ouverte. Il craignait le contact avec les enfants turbulents qui l'entouraient.

Avec Chelsea, nous parlions des couples qu'elle traitait ces temps-ci, sujet inépuisable qui fournissait la matière de nos meilleurs moments ensemble. Elle ne nommait jamais personne, évidemment, mais elle évoquait si bien et si librement les névroses de ses patients qu'ils en devenaient aussi réels et intéressants que nos amis et connaissances pour qui nous n'avions pas besoin de pseudonymes. J'ai essayé de découvrir si elle avait eu un patient correspondant au signalement de Gabriel. En décrivant son type, je me suis aperçu que je savais très peu de choses de lui, en vérité. Les renseignements qu'il m'avait laissé glaner sur sa propre biographie semblaient avoir été appris par cœur. En français, il n'avait pas l'accent, célèbre, de l'île d'où il se prétendait originaire.

— Qu'est-ce que tu cherches à me dire ? a soudain souri Chelsea. C'est quoi, des yeux gris ? De qui s'agit-il ?

— Il n'y aurait pas un couple de clients dont l'homme serait parti fâché…

Je regardais l'arrière du crâne d'Elliott, sa tête chérie, si fragile, qui abritait déjà tant de pensées ; j'étais à un souffle de mentionner sa vision, sur le trottoir d'en face. Chelsea comprendrait-elle que je n'aie pas tiré le rideau ? Je ne pouvais pas prendre un tel risque ; elle me ferait enfermer si elle se rendait compte que mes phobies engendraient des monstres jusque dans l'imagination de notre fils.

— Chelsea ?

— Oui ?

Je lui ai demandé pourquoi elle avait gardé le silence à propos de cet homme qui lui avait aboyé dessus au travail. Elle a brusquement cessé de sourire, mais c'est avec une parfaite maîtrise d'elle-même – ou au contraire l'abandon total qui est le propre des vrais innocents – qu'elle a minimisé la portée de l'incident. Contrairement à ce que disait le doorman, il avait aboyé sur tous ceux qui passaient dans le lobby.

— Il était noir ?

Elle a eu l'air déçue.

— Mais aucune idée ! Il portait un masque. Je l'ai à peine entraperçu.

Quand j'ai évoqué l'hypothèse qu'il s'agisse d'un mari vexé, hostile à ses préconisations thérapeutiques, voire humilié par elles, elle a pouffé comme il fallait, pile ce qu'il fallait pour me rassurer.

— Mais ça ne t'a pas étonnée qu'il porte un masque ?

Elle avait passé sa vie dans des grandes villes américaines à slalomer entre les psychopathes du métro, plus rien ne l'étonnait.

— Tu t'es fait balader par cette drama queen de Huntley, reconnais-le et passons à autre chose !

Les jours passaient à autre chose, à d'autres jours, pas moi : bientôt une semaine depuis que Gabriel était parti. Je consultais mon téléphone plusieurs fois par minute, seulement pour vérifier qu'il ne m'avait pas écrit pour m'annoncer son retour.

J'avais soumis l'intégralité de mes enregistrements de la voix de Gabriel à une intelligence artificielle qui s'était entraînée à imiter sa voix. À la perfection. C'était en tout point la voix de mon père. Un robot la parlait et formulait des versions déclinables à l'infini de ce que je voulais entendre, si bien que l'envoûtement ne prenait pas. La singularité de mon père ne m'envahissait pas comme quand Gabriel lâchait une phrase que mon père avait pu dire. Il y avait dans la personnalité de son sosie vocal – un être humain avec des pulsations cardiaques et une peau qui transpirait – des échos troublants de la sienne. J'avais envie de le connaître et en ce sens-là il n'aurait pas été exagéré d'affirmer que je l'aimais. La résurrection était d'abord et avant tout un phénomène émotionnel.

De cette agitation permanente où je m'étais moi-même jeté, en apparence rien ne filtrait. J'étais d'une humeur impeccable lors des repas ; il faut dire que nous avions un numéro bien rodé avec ma mère, un duo comique aussi efficace que la télé pour étouffer les silences gênants dans l'œuf et donner à chaque fois le sentiment d'une soirée réussie, ou comme le disait ma mère avec un soupir teinté de mélancolie rose bonbon, qu'on venait de *se créer de bien jolis souvenirs*. Je me laissais enlacer par ses poignets clinquants et embrasser sur le front – elle embrassait tout le monde, tout le temps, ma mère –, mais au fond de moi je hurlais, je ne pouvais pas supporter son rapport si désinvolte à la mémoire et à la mort.

Chelsea avait remarqué que je ne chantonnais plus sous la douche ou en préparant le repas. Avant qu'elle n'imagine ou ne devine le pire, pour justifier mon humeur moins légère j'ai dit que j'avais mal à la gorge et que je préférais ne pas la contaminer au cas où je couvais quelque chose. J'ai fait semblant de tousser et d'avoir mal à la tête, mais à partir du moment où Gabriel avait quitté Chicago (quelque temps, avait-il dit, mais combien de jours, combien de semaines ?), toute une série de symptômes étranges sont apparus pour de vrai, liés au sevrage de la voix de mon père et qui n'avaient pas besoin d'être confirmés par un diagnostic objectif pour me causer de la contrariété.

Souhaitant continuer de veiller au seuil de la chambre d'Elliott, je n'ai pas hésité à exagérer ces désagréments à demi imaginaires, allant jusqu'à me faire prescrire des cachets et me retrouvant fatalement à l'avant-veille du réveillon de Noël en proie à des poussées de fièvre intense et bien réelle, le thermomètre en attestait dorénavant. J'avais l'impression que mes os et mes articulations s'enflammaient, comme si le processus du vieillissement s'était accéléré pour moi. Je suais beaucoup et pouvais sortir en simple pull sans ressentir le froid, sauf qu'il me fallait maintenir les apparences et me couvrir de couettes et de bouillottes pour que ma mère arrête de me scruter comme un moribond, ajoutant au fardeau de mes angoisses celles que ma souffrance lui occasionnait et qui l'importunaient, en réalité, davantage.

— Dis donc, je vais finir par croire que c'est de passer Noël avec ta sœur qui te rend malade !

Safari

Elle n'avait pas tort : j'aurais préféré qu'elle ne vienne pas, vu comme les choses, dans ma tête, avaient tourné.

Le 23 décembre, un nouvel épisode de vortex polaire a frappé la région, de l'Illinois au Wisconsin. Les télés locales annonçaient la tempête de neige du siècle. L'aéroport d'O'Hare a dû fermer et pendant vingt-quatre heures nous avons cru que Nora ne pourrait pas être des nôtres, en fin de compte.

Le lendemain matin, je m'en souviens comme si c'était hier, j'avais un mauvais pressentiment lorsque mes yeux se sont ouverts sur le cadran de mon réveil qui faisait clignoter une heure absurde. Le silence qui écrasait la pièce, la chambre d'Elliott et la maison entière semblait enserrer toute la ville. Plus que le silence, c'étaient les bruits périphériques que je n'entendais plus qui m'avaient réveillé : les bips, les basses continues du frigo dans la cuisine, ce tapis de sons insignifiants frappaient mon ouïe par leur soudaine absence. Pas de doute : les transformateurs avaient sauté. J'ai cligné plusieurs fois des yeux, comprenant que les frêles rouages de mon sommeil étaient grippés et devinant, avant de le voir, qu'Elliott n'était pas dans son lit. À l'autre bout de l'étage, Chelsea dormait, le visage allongé sur ses mains jointes. Je suis monté dans la chambre d'amis, fermée, où le lit de ma mère et de Danilo craquait sous le poids de leurs mouvements. Dans leur salle de bains, les interrupteurs ne se sont pas allumés. J'ai redescendu les escaliers à toute vitesse, vérifié qu'Elliott n'était pas caché dans la penderie de sa chambre. Son lit une-place, défait, me hantait déjà comme une vision tragique.

Au rez-de-chaussée, le courant avait aussi été coupé, comme dans tout le reste du quartier. Derrière le bow-window du salon, des flocons aux trajectoires absurdes barbouillaient l'horizon. Les bottes de neige d'Elliott manquaient dans le placard à chaussures de notre vestibule. J'ai chaussé les miennes avant de sortir dans notre jardinet où j'ai récupéré, sous le porche, la batte de base-ball dont je ne m'étais jamais servi. Je ne percevais aucun bruit suspect. Dans le coin de rue que me laissait voir la tempête, les lampadaires municipaux étaient éteints.

Muni de ma batte, j'ai couru sans savoir où aller, sans parvenir non plus à articuler le prénom de mon fils pour le crier. La neige, qui assourdissait tout, recouvrait les auvents, les gouttières, les porches et les toits des maisons. Le parc au bout de notre rue était déjà complètement enseveli. Ses chemins se confondaient désormais avec les pelouses, et la clôture de l'espace réservé aux chiens ne constituait plus un obstacle pour quiconque. Dans cette marée de cendres blanches, seuls surnageaient l'aluminium des manèges pour enfants et, bientôt, la queue fourrée d'un golden retriever en proie à une vive excitation. Des boules de neige essayaient de l'atteindre. Un homme est apparu derrière le toboggan, baissé, presque à genoux pour confectionner ses projectiles. C'était mon voisin Adam, qui possédait la maison d'angle, la plus chère à l'ouest de Milwaukee Avenue. À côté de lui, une haute silhouette qui ressemblait à celle de Danilo – il n'avait pas les parkas high-tech des gens d'ici mais un manteau de laine, râpeux comme une vieille couverture à motifs – souriait en dodelinant de la tête et des épaules. Je me suis approché furtivement et j'ai enfin vu Elliott qui tendait ses moufles et se laissait renifler en battant des paupières comme quand il avait peur qu'on l'éclabousse à la piscine, mais sans crier, sans chercher à s'enfuir, pas même quand le chien a senti ma présence et s'est mis à aboyer dans ma direction.

J'ai fait demi-tour en gardant la tête et les épaules basses, pour passer pour un promeneur en pyjama et batte de base-ball comme les autres. Quand ils sont rentrés une demi-heure plus tard, au moment du petit déjeuner, j'ai eu la certitude que Danilo m'avait remarqué et qu'il tenait à me faire savoir que son appétit, sa bonne humeur et son très légitime sentiment de fierté n'en étaient pas entamés le moins du monde. Il beurrait les toasts avec énergie et mordait dans les fruits à pleines dents, en multipliant les bruits de bouche énervants tandis que son petit-fils narrait leurs exploits, en prenant bien soin de ne rien dire du chien d'Adam. C'était donc leur petit secret, la raison des chuchotements et des clins d'œil des derniers jours. Au moment où je songeais à pousser Elliott à la faute – il en avait envie de toute façon, il se mordait la langue et chuchotait « quand est-ce que je peux le dire ? », « c'est obligé d'attendre Noël ? » –, la nouvelle est tombée : l'avion de ma sœur Nora en provenance de Londres faisait partie de ceux qui avaient été autorisés à atterrir à O'Hare, elle et Blaise arriveraient en début d'après-midi.

Depuis la naissance de mon fils, les adultes autour de moi se divisaient en deux catégories : ceux qui trouvaient les enfants adorables et les autres. Je ne pardonnais pas à ces autres de ne pas saisir l'ampleur de ce qu'Elliott avait changé dans ma vie. Moi qui aimais si bizarrement, d'un coup je débordais de sentiments simples et tendres envers mon fils. Pas un tableau, pas un paysage ne pouvait rivaliser avec les subtiles altérations des traits de son visage et ce qu'elles révélaient de son tempérament. Le sens de la vie me semblait chose évidente, soudain : c'était de la donner. Mais quand ma sœur Nora nous rendait visite, je me sentais jugé à chaque câlin que je réclamais à mon propre enfant, jugé, encore, à chaque câlin qu'il m'offrait spontanément.

Nora sortait depuis presque toujours avec un footballeur béninois, Blaise, qui avait pris sa retraite anticipée à trente ans à cause de blessures répétées et d'une lassitude générale vis-à-vis du ballon rond. Il avait empoché un petit pactole sur les bancs de la Premier League, mais il n'était jamais devenu une star, ce dont il semblait ne concevoir aucune amertume. Après avoir raccroché les crampons, il n'avait plus fait une seule jongle. Le foot avait été un don et la grande aventure de sa jeunesse, mais pas sa passion. Il préférait lire sur les civilisations oubliées, les anciens royaumes d'Afrique. La philanthropie occupait une place importante dans sa vie mais je devinais qu'il en était secrètement dégoûté. Il prenait quelques mois, qui s'étaient changés en quelques années, pour réfléchir à une reconversion qui ait du sens et ne lui donne pas la nausée.

Ma sœur et lui formaient un couple catastrophique et néanmoins insubmersible. Ils s'affrontaient sans cesse et sans raison. Nora, qui avait pour principe de toujours tout dire, à commencer par ce qu'on n'avait aucune envie d'entendre, attendait en général d'avoir le public le plus large possible pour s'en prendre à Blaise de la manière la plus cruelle dont elle était capable. Une fois, elle avait choqué tout un restaurant en parlant à voix haute du pénis de Blaise après qu'il lui eut balancé, et alors que personne ne lui avait rien demandé, que s'ils avaient un enfant un jour et que c'était un garçon il était hors de question que qui que ce soit le mutile.

— Le quoi ? s'était étranglée Nora.

— Le *mutile*, avait confirmé Blaise avec sa pire tête de beauf droit dans ses bottes, du verbe mutiler qui signifie attenter à l'intégrité physique d'une personne.

— Si tu refuses de circoncire notre fils, tu peux être sûr qu'on n'en aura jamais, avait-elle répondu.

Dans les rares cauchemars de Nora où elle tombait enceinte, c'était de toute façon toujours d'une fille, qui lui ressemblait comme deux gouttes d'eau sur les échographies : un fœtus trop grand avec des sourcils trop fournis, une bouche trop forte et un nez qu'on ne pouvait pas mieux décrire que par l'épithète de dramatique. Les lois de la génétique s'étaient montrées sournoises : j'avais les traits les plus doux de mon père dans la forme triangulaire du visage de ma mère, tandis que ceux de ma sœur aux mâchoires carrées exprimaient la dureté cumulée des visages de nos deux parents.

Elle était aussi déterminée à ne pas se reproduire qu'elle l'avait été, à dix-huit ans, à quitter le foyer familial pour vivre et étudier à l'étranger. J'avais quelques années de plus qu'elle et j'aimais penser que j'avais tracé la voie de son émigration réussie, mais elle ne m'accordait aucune miette de crédit. Elle avait travaillé dans une chaîne de fast-food pour financer son école de l'air et possédait un appartement dans une des villes les plus chères du monde. Elle s'était auto-exfiltrée, auto-construite. Elle ne devait rien à personne. Pilote sur long-courriers, elle faisait quatre à cinq vols par mois et passait le reste du temps à concocter de nouveaux tourments pour mon beau-frère. Récemment, elle avait acheté un rat domestique, qu'elle avait appelé Fiston, non pas en dépit mais à cause de la lueur d'alarme et d'épouvante qu'elle voyait s'allumer dans les regards de ses proches en faisant les présentations. Fiston l'accompagnait partout, jusque dans la cabine de ses Boeing triple 7. Les pistes des aéroports défilaient sous leurs yeux complices, les gratte-ciel des centres-villes se succédaient en scintillant, augustes et minuscules, dans leurs vitres latérales. Blaise, qui n'avait jamais vraiment connu la dépression, s'était mis à boire après avoir promis pendant des années qu'il était prêt à se convertir, si c'était absolument nécessaire à Nora pour qu'ils se marient. Sauf que Nora ne voulait pas de mariage, et qu'elle ne supportait pas non plus les effets de l'alcool sur les hommes, l'empâtement, l'haleine et la sueur sucrées. Quand Blaise se resservait un verre, elle lui reprochait à voix haute de loucher et d'avoir l'air débile.

Il secouait la tête :

— Ta drogue à toi, c'est la méchanceté.

Elle critiquait les vaisseaux rouges qui brûlaient sur son nez en fin de semaine. Elle l'appelait l'alambic, le poivrot de la brousse. Il la traitait d'ayatolette.

Ils finissaient par lasser même leurs couples d'amis connus pour se réjouir du malheur des autres couples ; Chelsea me rappelait souvent qu'il y en a toujours plus qu'on ne croit, même s'ils ne se réjouissent jamais autant qu'on l'imagine.

— Je me demande pourquoi je reste avec toi, disaient-ils à tour de rôle, parfois en même temps.

Leurs voisins de table au restaurant se posaient la même question. L'avis professionnel de Chelsea était plus réservé. Elle estimait qu'ils trouvaient chacun leur compte dans cette relation à la limite du BDSM. Il s'en fallait de peu pour que Nora passe en mode bourreau : une faute d'inattention de Blaise notoirement distrait, un accès de mauvaise foi, les moments où il était grincheux, timide, simplet, les sept nains en un seul homme.

— Si personne n'aimait les mégères, elles auraient disparu depuis belle lurette des cabinets des thérapeutes de couple.

Pour ma mère, c'était clair et net : il fallait faire avec Nora une *intervention*, comme dans les séries américaines. À chaque fois qu'elle la captait sur WhatsApp et prenait son air gourmand et sa voix chantonnante pour savoir quand elle comptait s'y mettre pour lui donner un petit-enfant à son tour, Nora appelait son raton à la rescousse et proposait de passer en mode vidéo, pour qu'elle puisse constater de ses propres yeux à quel point le seul être qu'elle appellerait jamais Fiston était adorable.

— *Starfallah*, gémissait ma mère.

— Mon petit raton d'amour, répétait Nora pour la pousser à bout.

— Arrête avec ce mot.

Ma mère n'entendait que l'insulte raciste.

— Non, je n'arrête pas. Toi aussi, mon raton d'amour, ça te fait saigner les oreilles quand je t'appelle raton ? RATON RATON RATON ?

J'avais assisté à cette scène de nombreuses fois, lors de calls en famille, à trois écrans, où ma mère me prenait à témoin et n'hésitait pas à me reprocher mon absence d'autorité et, pire encore, de *virilité* dans le rapport de force permanent qu'instaurait ma petite sœur.

Quand on le hélait, l'abominable animal tournait la tête et trottinait sur le rebord du canapé pour ne pas prendre parti. C'était un jeune rat gris clair, pourvu d'yeux sans sclérotique qui ne voyaient rien et de grandes oreilles roses, du même rose que ses pattes étoilées de quatre fines phalanges. Quand Nora le prenait entre ses mains, son museau frémissait, d'enthousiasme ou d'effroi, ses moustaches battaient l'air et répandaient une poudre invisible, peut-être imaginaire, mais qui la faisait vraiment tousser.

Je le trouvais parfaitement répugnant et ne l'observais jamais plus de trois ou quatre secondes. Nora non plus ne l'aimait pas, en vérité, à chaque fois elle devait se forcer pour garder dans sa paume sa masse velue et chatouilleuse. Mais c'était trop tard pour le rendre sans donner raison à ceux, comme moi, qui pensaient qu'elle exagérait, les mêmes qui se rangeraient du côté de Blaise quand ils finiraient par se séparer pour de bon. Ils rompaient tous les six mois, environ, pour des périodes allant de quelques jours à quelques semaines.

— Je ne veux pas qu'on se quitte, je t'aime, lui disait-il à chaque fois qu'ils évoquaient la rupture définitive.

Elle plissait le front, orientait ses gros sourcils dans le sens d'une concession imminente et répondait qu'elle aussi l'aimait, mais qu'elle refusait d'avoir à choisir entre son amour pour lui et son amour pour Fiston.

J'avais toutes les raisons de craindre sa venue. Nous nous étions facetimés assez longuement avec Blaise, à l'automne. Il n'arrêtait pas de hausser les épaules en signe de résignation. Ses yeux, qui rappelaient ceux d'un chat par leur position en amande et ceux d'un cochon par l'étroitesse et la noirceur de leurs iris, donnaient malgré tout l'impression d'une grande sagacité. Ce n'était parfois, malheureusement, qu'une impression :

— Elle devrait voir quelqu'un quand même, disait-il en boucle alors que Nora clamait à tout bout de champ, y compris à la face de sa belle-sœur, ma femme, son mépris des psychologues, marabouts à diplômes sans valeur, manipulateurs narcissiques qui exploitaient les failles des petits QI.

Elle n'en souffrait pas moins, ces derniers temps, d'inguérissables crises d'insomnie – un vrai *sujet de sécurité* vu son métier qui consistait au moins autant à gérer le décalage horaire et dormir sur commande qu'à savoir faire s'envoler des autocars avec un tableau de bord compliqué. Pour ma part, je pensais, bien sûr, qu'il ne pouvait s'agir que de l'imminence du vingtième anniversaire de la disparition de notre père. Blaise me disait qu'elle ne lui en avait jamais soufflé mot, mais son portrait de sa folie naissante m'était douloureusement familier. Les messages philosophiques envoyés au milieu de la nuit, quelle que soit la latitude où il faisait nuit pour elle à ce moment-là. La piscine de leur country club où elle enchaînait les longueurs pour atteindre l'état d'abrutissement, sauf qu'au lieu de s'épuiser elle s'énervait et nageait en délirant à voix haute, pourchassée par des sentiments dont elle ne reconnaissait pas les ailerons.

Sous la surface de ma vie quotidienne, j'ignorais moi aussi quel genre de prédateur frôlait mes côtes immergées, qui ou quoi s'intéressait à mon flanc vulnérable. J'aurais voulu pouvoir en discuter avec ma sœur, mais elle abhorrait l'intimité, ces moments où la voix baisse d'un ton pour éprouver une émotion et une solennité à l'unisson. L'idée même de communion lui donnait du prurit. Elle était du genre à rire aux enterrements, non qu'elle eût sa propre manière de manifester sa peine, mais parce que les efforts des endeuillés pour faire semblant d'en ressentir lui étaient infiniment risibles. Pour elle, aucun motif de chagrin ne justifiait qu'on s'en décrète inconsolable.

Elle était plus dure que moi. Elle l'avait toujours été.

Ma mère a tout de suite essayé de l'enrôler dans sa croisade. La dernière fois que nous avions été réunis à Noël, le débat avait été de savoir s'il fallait qu'Elliott, âgé alors de moins d'un an, dorme dans un lit vide, comme nous le souhaitions, ou avec une garnison de nounours rassurants et de coussins, comme on faisait *chez nous*. Cette fois-ci, c'était l'hiver trop rigoureux de Chicago dont elle nous rendait responsables car, même si nous la laissions régler la température de sa chambre avec Danilo, nous refusions que les parties communes ou la chambre de notre fils soient également transformées en sauna.

Nora ne savait plus sur quel ton lui répéter qu'elle n'en avait rien à foutre. L'espèce avait survécu parce que les bébés qui étaient incommodés par le froid ne passaient pas les hivers, Darwin, échec et mat.

— Tu as bien pris des pulls chauds ? a demandé ma mère à sa fifille en se mettant à genoux pour vérifier dans sa valise.

— Je peux ouvrir, hein ? Il n'y a rien de…

— Rien de quoi ?

Nora se faisait un serre-tête avec les mains en essayant d'imaginer ce que notre mère pensait trouver de compromettant dans son sac.

— Non mais on sait jamais.

— On sait jamais quoi ? J'ai oublié mes sex toys à Londres, tu peux fouiller tranquille.

— Nora ! Ne commence pas, hein.

— C'est moi qui ai commencé ? Maman, ça fait trois minutes que je suis arrivée et tu me saoules déjà.

Elliott était aux anges. Il avait peur de sa tante et de ses risettes agressives, mais il sentait qu'il allait y avoir du spectacle avec elle.

Après l'effusion des retrouvailles, elle m'a cependant pris à part, dans le bureau que je leur cédais, à elle et Blaise. Elle avait un air de conspiratrice avant de me remettre une enveloppe en kraft.

Elle portait encore son uniforme de pilote et ses cheveux attachés à l'arrière. La poignée télescopique de sa valisette British Airways lui servait d'accoudoir.

— Ton cadeau de Noël en avance, a-t-elle dit en s'assurant que personne ne rôdait dans le couloir du premier étage. Attends avant de l'ouvrir. Je veux que tu me fasses une promesse, d'abord : de ne pas en parler à maman, de ne pas les lui montrer et de les enlever quand elle te rendra visite à l'avenir, si tu choisis de les encadrer et de les afficher. C'est un lot d'esquisses, sur de grandes feuilles au grain épais, réalisées au fusain par notre père, quand il travaillait au tribunal. La dessinatrice qu'il remplaçait a dû les retrouver dans ses archives en partant à la retraite, et les envoyer par la poste à la première personne avec notre nom sur qui elle est tombée dans l'annuaire.

— Quel annuaire ? Qui utilise encore un annuaire ? Tu veux dire que tu ne sais pas qui te les a envoyées ?

— Non, envoi anonyme. Pas de nom, pas d'adresse.

— Tu les as vues ?

— Oui.

— Et alors ?

— Et alors quoi ? C'était son hobby, chacun ses hobbies. Toi tu écris, lui il dessinait.

— C'est des brouillons de croquis de tribunal ?

— Pas du tout.

Elle m'obligeait à poser chaque question, à refaire sans cesse l'éreintant premier pas.

— C'est quoi, alors ?

— Regarde-les. L'ensemble porte un titre. VUES DU PAYS NATAL.

— Et tu dis que c'est qui, qui les a envoyées ?

Elle a roulé les yeux au ciel, pour me rabrouer :

— J'étais sûre que tu allais réagir comme ça. J'aurais mieux fait de les ranger dans un tiroir et de ne jamais t'en parler.

— Mais tu as choisi de me les apporter !

Je pouvais presque me voir avec ses yeux à elle, mon cou de poulet surmonté d'une tête trop grosse, avec trop de sourcils, pas tout à fait assez de front. Ressemblais-je à mon père à cet instant ? En essayant d'imaginer mon visage, je revoyais le sien, quand il m'avait emmené au tribunal – l'année de sa disparition. Personne n'aurait pu gâcher sa bonne humeur ce jour-là. Il était persuadé que sa mission allait être reconduite, son talent reconnu. Il me répétait les compliments que lui avait faits son chef, le même qui, quelques années plus tard, quand j'étais allé le voir avec un détective privé, avait oublié jusqu'à la première lettre de son prénom.

Au moment où Nora m'a tendu la pochette contenant ses œuvres inédites, une déneigeuse passait dans notre rue. Ses phares jaunes traçaient des arabesques sur le plafond et sur la chemise blanche de Nora. Je me suis rapproché de la fenêtre, tournant le dos à ma sœur qui était capable de sortir son téléphone pour me filmer et se moquer de moi si je craquais. Mes voisins d'en face déblayaient leur pas-de-porte et jetaient du gros sel sur les escaliers. Seul le bruit des pelles, pendant quelques instants, contrariait la sérénité, l'indifférence totale de l'univers.

Un couinement s'est alors échappé de la cage, recouverte d'un drap humide, où le rat de Nora dévorait son quartier d'agrume. Il devait avoir grossi depuis la dernière fois. Ses cris ressemblaient à la palpitation de branchies hors de l'eau, je n'arrivais pas à les ignorer.

— On dirait que vous avez des choses à vous dire tous les deux !

Elle parlait de moi et de Fiston, qui ne s'animait pas autant en temps normal, selon elle.

Je l'ai priée de ne pas faire d'esclandre et de ne pas sortir son petit monstre de sa cage pendant toute la durée de son séjour.

— Et les esquisses ? m'a-t-elle demandé. Tu ne veux pas les voir ?

Il m'a semblé que sa voix s'infléchissait d'une manière nouvelle, avec des accents, sinon de tendresse, au moins de bienveillance. Sous ses yeux, j'ai rangé la pochette dans le coffre-fort du bureau, où elle a rejoint mes deux passeports et l'alliance que mon père avait laissée, ou oubliée, quand il était sorti ce matin-là, il y avait si longtemps, pour ne jamais revenir.

— Bien sûr que je me suis posé des questions en les recevant. Bien sûr que j'ai été un peu ébranlée, mais rien ne prouve qu'il soit vivant et qu'il m'ait envoyé ce courrier. Rien, tu m'entends ?

Je songeais avec effroi que s'il l'était, vivant, et qu'il avait bel et bien envoyé le courrier à ma sœur, la personne de notre famille qui avait donc eu raison depuis le début était ma mère. Elle ne s'expliquait pas plus que nous son départ brusque et brutal, et elle avait choisi de croire à la lâcheté de notre père, mais au bout d'une lutte, comme on pose un genou à terre. S'il avait envoyé ces esquisses pour se rappeler à notre bon souvenir depuis le confort d'une vie parallèle, alors oui, il était lâche, et je n'avais aucune raison de continuer d'aimer l'homme que sa voix avait ressuscité dans mes pensées et dans mon cœur. Ma sœur s'en accommodait bien, après tout. Pourquoi pas moi ? Pourquoi rien ne me semblait plus triste que de réussir à oublier quelqu'un qui nous avait aimés et qu'on avait aimé en retour ?

Blaise nous a rejoints avec sa propre valise, elle aussi siglée British Airways. Il voyageait en business sur les vols que pilotait Nora, mais je n'avais jamais réussi à savoir s'il avait encore les moyens de s'offrir un billet à cinq mille dollars sur ses propres deniers. Il venait d'une famille de notables du Bénin, qui l'avaient envoyé en Angleterre et lui avaient payé une pension pour étudier et pratiquer ce sport où il excellait de manière évidente, mais son rapport à l'argent était le même que celui de ma sœur, il relevait d'une mentalité d'ancien pauvre hostile à toute leçon de morale de la part de gens comme Chelsea et moi. Ils nous voyaient comme des riches de gauche et des bourgeois épistémiques, toujours d'accord, comme par hasard, avec la version officielle des événements qui faisaient l'actualité. Ils détestaient que nous grimacions quand ils choisissaient l'option la plus chère par principe et non par obligation, ou quand ils disaient sans plaisanter qu'un jet privé, à quatre ou cinq, ça commençait à devenir rentable.

Les discussions politiques s'arrêtaient vite avec ma sœur qui se percevait comme une consommatrice bien plus que comme une citoyenne, et une consommatrice heureuse par-dessus le marché ; on ne pouvait certes pas en dire autant de mon rapport à la citoyenneté. Ses raisonnements de parvenue avaient l'assentiment de ma mère et de Danilo, qui vivaient chichement mais que la réussite financière de Nora rassérénait d'autant plus qu'elle ne manquait pas de ruisseler jusqu'au pied de la montagne où la société les maintenait. Nora leur offrait des voyages à la Barbade et au Vanuatu. Des liens profonds s'étaient tissés à mon insu entre ma sœur et son père adoptif. Ils s'étaient forgé une éthique revancharde qu'ils nommaient réaliste et qui consistait à *arrêter de se faire arnaquer maintenant.* Construire son bonheur privé sans se soucier de nos frères et sœurs humains, des râles qui s'exhalaient de leurs silos voisins des nôtres.

Qu'étaient devenus les idéaux de notre père ? Ses rêves de solidarité universelle, d'un monde sans patrons, sans contrôleurs et sans frontières ? Étaient-ils partis en fumée ? Avaient-ils jamais été rêvés ailleurs que sous mon crâne à moi ? Et moi, d'ailleurs, comment les honorais-je ? En organisant des safaris mentaux pour lecteurs fortunés ? En monnayant mes romans privés à prix d'or ?

Une image, dérivée peut-être d'une vieille photo, me revenait de mon père, chemisette ouverte jusqu'au nombril, adossé au capot d'une bagnole ouverte aux quatre vents et remplie de gamins, mes cousines, mes cousins, des enfants du quartier qu'il emmenait en vadrouille, plus on était de fous plus on riait alors il y en avait partout, sept sur la banquette arrière, un derrière le volant, deux sur le toit. Pas de règles, pas de contraintes. Le tonton préféré des cousins qui recevaient des coups de ceinture. Mon père pensait que l'éducation consistait à être gentil avec ses enfants pour leur donner confiance en eux et leur permettre d'affronter le monde sans y devenir des brutes, c'est en tout cas ce que je me racontais à moi-même vu que je ne pouvais me rappeler aucun moment où il avait formulé aussi littérairement le fond de ses principes pédagogiques.

M'étant aperçu que Blaise insistait pour faire la lecture à Elliott, le soir, en prenant un accent cockney, ce qui me faisait grimacer de gêne, comme à chaque fois qu'on imitait un accent un peu trop fidèlement, j'ai eu l'idée de déclencher la première phase de mon plan et de lui proposer d'enregistrer un message de bonne nuit pour son neveu avec qui il s'entendait si bien. Nous avions acheté des boutons d'enregistrement vocal de couleurs différentes, en forme de soucoupes volantes ou de champignons, où les adultes de la famille disaient quelques mots pour aider Elliott à trouver le sommeil. Le gros champignon rouge était celui de Chelsea, « bonne nuit mon trésor, fais de beaux rêves, maman est là, elle t'aime et te protège ». Le mien, bleu, disait à peu près la même chose. Celui de Danilo était violet, celui de ma mère vert foncé.

Pendant que Nora rangeait le contenu de sa valise dans la commode, j'ai conduit Blaise au seuil de la chambre voisine pour lui faire écouter les voix de notre petit clan qui accompagnaient les endormissements notoirement difficiles de mon fils. Nora n'avait aucune patience pour ce genre de mignonneries mais elle voulait bien glisser un coucou dans le message qu'allait enregistrer Blaise, sur l'un des deux champignons restants, le jaune. Il y avait un dernier bouton, noir, caché tout au fond de la table de nuit. Quand Blaise a appuyé dessus, une voix qu'il ne connaissait pas s'est échappée du haut-parleur. Un homme souhaitait bonne nuit à mon fils en ajoutant des mots tendres, mais aucun de ces mots n'avait été prononcé de manière intentionnelle, ni dans l'ordre où ils apparaissaient. C'était la voix de Gabriel. J'avais prélevé des bouts de phrase hors contexte, que j'avais cousus ensemble et qui formulaient un message cohérent, un rien heurté mais convaincant. Je scrutais le visage de Nora en le diffusant une troisième fois, mais elle ne réagissait d'aucune façon.

— C'est qui ? m'a demandé Blaise. Nono ?

— Déjà tu m'appelles pas Nono.

La voix de notre père ne faisait rien bouger sur son visage. Ou elle ne l'avait effectivement pas reconnue, ou elle était, de loin, l'actrice la plus redoutable de la famille, celle avec la meilleure poker face, en tout cas.

— Mais c'est qui ? a répété Blaise, étonné, bientôt vexé que je ne réponde pas immédiatement.

J'ai dit qu'il s'agissait d'un ami de la famille, ce dont j'étais tout sauf convaincu.

Une vision d'horreur nous attendait au pied de l'escalier : ma mère et Danilo avaient revêtu des pyjamas de Noël assortis, deux combinaisons rouges avec des motifs de rennes et de traîneaux. Tout sourire, ils espéraient que nous remarquerions les petites clochettes dorées accrochées à leurs poches de poitrine, qui tintaient à chaque mouvement de leurs épaules.

Je me suis réfugié dans la cuisine pendant que Nora s'occupait de leur cas.

En préparant mon rituel bœuf Wellington pour le dîner du réveillon, j'étais si troublé par l'absence de trouble de Nora quand elle avait entendu la voix de notre père que je me suis mélangé les pinceaux avec la recette. Il manquait la moitié des ingrédients à la farce, même mes amuse-bouches et mes verrines apéritives étaient ratés.

Sur la grande table dressée près du sapin, la conversation roulait sur l'espérance de vie du rat de

Nora, que ma mère souhaitait la plus courte possible. Elle le croyait maudit après avoir entendu l'histoire de son acquisition. Elliott ne la connaissait pas. Un éclair de perversité est passé dans le regard de ma sœur. Elle a entrepris de la lui raconter avec un luxe de détails qui le tenait cramponné à son siège. Le responsable de l'animalerie – la bien nommée Magic Pets, dans leur quartier de Dalston, dans le nord de Londres – était un original issu d'un pays inconnu ; il avait le dos voûté, de vilaines dents pointues et une pilosité excessive, jusque sur le dos de la main et la base de la nuque.

— Et comment tu as choisi Fiston ?

— Je ne l'ai pas choisi ! C'est le vendeur qui me l'a proposé spontanément, en me prévenant que c'était un rat brun à vibrisses d'or, spécimen rare issu d'une portée très spéciale.

— Spéciale comment ?

— On ne pouvait pas le traiter comme un vulgaire animal domestique : il devait impérativement rester anonyme, par exemple.

— Sinon quoi ? a demandé Elliott, captivé.

— Sinon la calamité des calamités allait s'abattre sur le monde !

Les poils de moustache du raton avaient en effet une couleur originale. Leurs extrémités rutilaient sous la loupe qu'avait sortie le vendeur pour achever de la convaincre. Il a l'air malheureux, avait dit Nora.

Toutes les portées heureuses se ressemblent, avait répliqué le vendeur, mais les portées malheureuses sont malheureuses chacune à leur façon...

Chelsea a souri en captant la référence.

— Je lui ai dit : OK c'est combien ? pour qu'il arrête de me renifler du regard. C'était 50 pounds je crois, taxes comprises. Je lui ai dit que je trouvais ça plutôt raisonnable pour un raton magique.

— Raton magique ! a répété Elliott.

Ce n'était pas une blague drôle au point de provoquer le fou rire tonitruant où Elliott et Nora se sont entraînés tandis que ma mère et moi nous secouions la tête en signe de désapprobation, ma mère parce qu'elle n'aimait pas qu'on rigole avec ces choses-là et moi parce que je me demandais si la calamité des calamités ne m'avait pas déjà frappé cet hiver-là. Je m'étais démené pour me mettre à l'abri, je croyais avoir conquis le promontoire de ma tranquillité d'âme, mais l'eau venait me lécher les pieds après avoir noyé tout le monde, car comme me l'avait un jour rappelé Gabriel avec son regard insistant, couleur de cendre fraîche, on avait beau faire, on faisait toujours partie de tout le monde.

Danilo et Blaise avaient réussi à connecter leurs téléphones à notre enceinte Bluetooth. Ma mère en a profité pour changer de sujet et réclamer « Sunny ». J'ai eu le malheur de lui proposer d'écouter la version originale de Bobby Hebb. Elle a fait semblant de s'énerver dès la première mesure, alors on lui a mis la reprise disco qu'elle avait en tête et je l'ai laissée pousser les canapés, les chaises, la table basse, pour dégager une piste de danse en me reprochant d'être un snob et un coincé du cul.

Je promenais sur elle et son remue-ménage dans mon salon un regard dédaigneux, peut-être plus que je ne croyais : il a fini par rencontrer les yeux de Nora, rivés aux miens, traversant l'écran de mes épaisses lunettes pour supputer un maelström d'émotions que je ne ressentais pas. Ses paupières en tremblaient, elle ne supportait pas que l'autre membre de notre fratrie bicéphale manifeste ou même ressente vis-à-vis de notre mère la moindre forme de mépris social. Ses goûts musicaux, je m'en fichais, en vérité, et si elle m'avait jamais embarrassé en public par son comportement ou ses remarques d'écervelée, ce n'était pas en raison de notre classe sociale inférieure, mais plutôt de la façon qu'elle avait parfois de s'en défausser, en adoptant le vocabulaire et le ton haut perché, le pincement de lèvres et les affectations théâtrales qui caractérisaient la classe du dessus, celle à laquelle appartenaient les autres parents de notre collège-lycée catholique, par exemple.

Plus tard, au coin du feu, tandis qu'Elliott luttait contre le sommeil en attendant le Père Noël, Nora a profité d'un silence, un ange qui passait, comme disait ma mère, pour nous demander sur quelle école s'était arrêté notre choix. Chelsea a répondu que nous n'avions aucun mérite à le mettre dans le public vu que nous vivions dans un bon district et que l'établissement en question comportait des classes de taille convenable, le critère le plus important selon elle, mais ma sœur n'écoutait pas un mot de ses explications, elle préparait la suite en me surveillant avec un air de défi. J'avais l'impression qu'elle me revoyait adolescent, son grand dadais de grand frère aux cheveux frisés dans les rangées de têtes blondes, en polo rose et chaussures bateau à nœuds crème pour imiter les rejetons de la bonne bourgeoisie de notre petite ville. Repensait-elle, comme moi, à nos camarades qui économisaient sur leur argent de poche pour assister aux Journées mondiales de la jeunesse, qui participaient aux maraudes, apportaient de la soupe et des paroles de réconfort aux sans-abri ? Au tournant du millénaire, des écoles, en Afrique subsaharienne, voyaient le jour grâce aux efforts estivaux de ceux qui ne rataient aucune heure d'aumônerie. Certains cours étaient encore dispensés par des prêtres en soutane et les crucifix dans chaque classe nous rappelaient le sacrifice de ce dieu à figure humaine qui n'était pas le nôtre.

— Quelle idée cheloue vous avez eue quand même, s'est exclamée Nora en riant de son plus vilain rire.

— C'était la meilleure école dans le coin, s'est défendue ma mère. Et regarde comme vous avez tourné !

— Oui, mais à quel prix !

— À quel prix ? ai-je demandé à ma sœur.

— Cela étant, on s'améliore bel et bien de génération en génération. Ton fils n'aura pas à subir ce que tu as subi, et le fils de ton fils… enfin tu m'as comprise.

Il y avait dans chaque parole qu'elle prononçait un toboggan qui vous faisait glisser vers le sarcasme et l'annihilation de tout sens, de toute sincérité. Même sa manière de prononcer Elliott paraissait ironique.

Elle avait appelé son maudit rongeur Fiston, par pure provocation contre moi.

Ma mère n'écoutait plus et s'était remise à caresser le visage de son petit-fils, son seul petit-fils pour le moment et pour un bon moment. J'ai eu un flash : Nora frottant du bout du doigt la bande de poils qui séparait les petites oreilles écarquillées de son raton. Dans la réalité, elle était partie faire du café à la cuisine à l'autre bout du rez-de-chaussée, non sans m'avoir, au préalable, communiqué par télépathie ses idées les plus inavouables sur moi et mon garçonnet à la peau blanche, aux cheveux blonds et aux yeux bleus : si je ne pouvais rien au fait qu'il avait à ce point hérité du pedigree nordique de sa mère, ne m'en accommodais-je pas cependant avec une trop bonne grâce, n'étais-je pas secrètement fier ou au moins satisfait d'échapper par son entremise à la malédiction de notre race ?

Que ce soit pour se dégourdir les jambes ou parce qu'il avait deviné le sombre cours de mes pensées, Danilo a choisi ce moment-là pour s'extirper du canapé dans un bruit de clochettes ridicule. Après avoir vérifié que les verres étaient remplis au moins de moitié, il a proposé un toast. Elliott a dressé la tête, ses traits se sont tendus, son visage était en train de s'illuminer.

— Elliott ! Tu leur dis ?

Elliott s'est levé et déplacé avec un sérieux extraordinaire jusqu'au centre des regards, devant la cheminée, pour nous annoncer qu'il n'avait officiellement plus peur des chiens. Nora n'a pas pu s'empêcher d'éclater de rire. Voyant qu'elle avait fait de la peine à son neveu, elle s'est précipitée vers lui pour l'embrasser.

— Pardon, mon chéri, ce n'est pas contre toi, c'est… trop compliqué à expliquer.

Elle continuait de pouffer de ce rire malveillant en quittant la pièce à grandes enjambées, visiblement embarrassée.

Je suis allé la rejoindre, repoussant comme une barrière de tiges les doigts de la main de Chelsea, inquiète, qui aurait voulu que je reste et calme le jeu. Nora avait déjà lancé une cafetière. La percolation produisait des crachotements saccadés et un fumet de jus de chaussettes.

— J'aurais dû mettre plus de café. Regarde-moi ça, a-t-elle dit avec dégoût, en versant le breuvage marron clair dans un mug qui me proclamait meilleur père du monde.

J'aurais voulu savoir si on avait un problème, si elle me reprochait quelque chose en particulier, mais j'ai préféré ne rien dire. J'avais peur de découvrir que ce qui l'avait fait éclater de rire n'était pas du tout lié à la voix de notre père. Depuis que je la lui avais donnée à entendre plus tôt dans la journée, je n'admettais pas qu'elle ne l'ait pas identifiée, et que j'aie pu à ce point me tromper, me mentir à moi-même.

— Alors, quand est-ce que tu nous ponds un nouveau bouquin ? a-t-elle rebondi mais d'une voix lasse, comme au début d'un passage obligé.

Elle se tenait accoudée à l'île de marbre où je cuisinais chaque soir.

— Je ne publie plus, je suis passé dans le privé.

Elle a souri.

— Et ça gagne bien, un romancier privé ?

— Je n'ai pas à me plaindre.

Sans qu'elle le suggère d'aucune façon, je devinais qu'elle pensait à notre père, moins à des épisodes qu'à des visions, papa en pyjama en début d'après-midi, papa dessinant sur un coin de table pendant que notre mère le conspuait. Elle rentrait d'une longue journée de travail, il fallait la comprendre. Dans l'esprit de ma sœur, les hommes étaient par nature des bons à rien, sauf Danilo. Elle exaltait le travailleur en Danilo. Notre père – une fois, mais c'était peut-être un souvenir totalement fictif, je l'avais entendu dire *notre père biologique* – ne faisait pas honneur à la classe ouvrière dont elle m'avait souvent défendu de me réclamer, moi aussi.

— Tu te souviens quand on a gagné aux courses ? ai-je soudain demandé à Nora en la suivant jusqu'au salon.

Debout côte à côte au bout du bow-window, Elliott et Danilo observaient les gros flocons qui virevoltaient dans le halo des réverbères.

Nora feignait de n'avoir rien entendu. J'essayais de me souvenir sans tricher, sans avoir recours aux artifices, aux sortilèges de la voix de Gabriel. C'était bien notre père qui avait gagné. La période la plus heureuse de mon enfance heureuse oscillait dans mon viseur. Il pariait sur des courses de chevaux. Un jour, il avait aligné les quatre premiers dans l'ordre. Avec l'argent, le pactole comme il l'appelait, nous avions acheté notre première voiture qui fut aussi la dernière, et des gadgets en tout genre, un magnétoscope, une console de jeux, un nouveau poste qui ne capturait pas seulement le flux de la radio mais nos voix à nous. J'en étais sûr, soudain : nous enregistrions des émissions, mon père et moi. Des interviews. Des bulletins d'info. La météo. Ces cassettes n'avaient pas échappé au bûcher.

Des bribes de cette époque jaillissaient, éparses et désordonnées, du néant où j'avais permis qu'elles végètent jusqu'ici.

— Tu te souviens de notre école ? La directrice, comment s'appelait-elle déjà ?

Nora fit un pet de joue ; je n'avais jamais entendu quiconque en Amérique produire ce son, qui signifiait « aucune idée ».

Devant la cheminée, notre mère rêvassait. Chaque escarbille faisait frémir les plis de son front soucieux.

Blaise s'est approché de moi et m'a pincé l'épaule. À son souffle étudié, j'ai senti qu'il aurait tout donné pour passer avec moi le genre de *moment fort* que j'avais naïvement cru encore possible entre ma sœur et moi.

— Blaise, tu peux venir une seconde ?

Ma mère a enveloppé la main de son gendre dans les siennes, pour lui redire qu'elle le considérait comme son propre fils et l'implorer de lui rendre un immense service : aller s'assurer, à l'étage, que le rat ne s'était pas enfui de sa cage.

Je suis intervenu pour qu'elle le laisse tranquille.

— Mais je repense à ce que disait ta sœur sur l'animalerie…

— Maman, les histoires pour faire peur aux enfants ne sont pas censées marcher sur les dames chenues de soixante ans.

— Cinquante-huit.

— Cinquante-huit et demi, a dit Elliott.

— Bon, c'est bon, j'y vais moi-même, s'est-elle fâchée en s'extrayant du canapé où elle trônait parmi un fatras de couvertures et de châles qui sentiraient son parfum pendant des semaines après son départ. Mais si je le croise et que je fais une crise cardiaque et que je tombe dans l'escalier et que je meurs du coup du lapin, faudra pas venir vous plaindre...

J'ai fait semblant de sursauter en voyant filer un objet rampant non identifié le long d'une plinthe.

Elle m'a giflé l'épaule, furieuse.

— Ça t'apprendra, toi et tes superstitions.

— Superstitions, superstitions, tu ferais bien d'être un peu humble, mon fils. Même les plus grands scientifiques reconnaissent qu'il y a des phénomènes inexpliqués. Tu sais qu'ils ont retrouvé des doigts géants fossilisés en Égypte ? Des doigts qui ne pouvaient appartenir qu'à un hominidé de cinq ou six mètres ?

— De quoi est-ce que tu parles, maman ?

— Des pyramides ! Tu crois qu'elles se sont construites toutes seules ? Non, mais expose-moi tes hypothèses, a-t-elle ajouté en croisant les bras : je suis sérieuse. Vas-y. J'écoute.

Chelsea et Nora s'efforçaient de mener une discussion un tant soit peu consistante au bord de la cheminée, mais je sentais que ma sœur ne perdait rien de mon escarmouche avec maman, figure imposée de ces trop rares soirées que nous passions au grand complet.

— BLANCHE !

Ce prénom, extrait du passé au forceps, presque hurlé par Nora au mépris complet de sa conversation parallèle avec ma femme, était celui de la directrice de notre école, que j'avais eu sur le bout des lèvres pendant deux décennies. Le fils de Blanche (dont le prénom m'échappait et m'échappe encore) était mon meilleur copain de collège. Son père, radiologue, venait d'une vieille famille et gagnait beaucoup d'argent.

— Tu te souviens des deux semaines qu'on avait passées chez eux un été ?

Nora avait une voix dangereuse, mais oui, je me souvenais très bien de leur villa avec piscine, et de leur chien parfaitement dressé, un épagneul anglais nommé MacIntosh (Mac ! Mac !), le seul dont je n'avais pas peur. Blanche voulait que j'arrête avec les *madame* et que je l'appelle Blanche. Elle était venue nous chercher, Nora et moi, chez nos parents pour les rencontrer et s'assurer que nous ne venions pas d'un foyer à problèmes. (Où était mon père lors de cette visite d'apparat pour laquelle ma mère avait sorti notre équivalent de l'argenterie de famille – les seules assiettes sans rebords ébréchés – et une sélection gargantuesque de petites pâtisseries ethniques ?)

Safari

Elle avait croqué dans une corne de gazelle et composé un sourire poli qui ne masquait presque rien de son écœurement.

Blanche. Je n'avais pas osé l'appeler par son prénom une seule fois pendant le séjour, mais j'aurais été incapable, même si ma vie en dépendait, de me souvenir de son nom de famille. Après avoir vu notre appartement, elle n'avait eu de cesse de nous donner en exemple à ses enfants, mon meilleur ami et sa petite sœur qui avait à peu près l'âge de Nora. Pour eux nous représentions l'incarnation vivante de ces gens *moins privilégiés* dont elle leur rebattait les oreilles pour qu'ils finissent leurs cahiers de vacances et leurs assiettes. Leur villa, *bicoque inchauffable* en hiver, disposait d'appareils ménagers dont j'ignorais l'existence et l'usage. Nous partagions un grand dortoir sous les combles et passions nos journées à faire du VTT dans les sous-bois et à nager dans la piscine. Nora se trompait sans cesse en mettant le couvert, fourchettes et couteaux dans le mauvais ordre, on pouvait le lui répéter vingt fois ça ne rentrait pas, à croire qu'elle le faisait exprès.

— Je confirme ! s'est-elle exclamée en faisant tournoyer son index comme pour dérouler une bobine.

Elle n'avait pas besoin de me relancer pour que je feuillette à voix haute le fascicule de ma mémoire, ce chapitre en particulier me revenait avec une précision émouvante à plus d'un titre. Un jour, la sœur aînée de mon meilleur ami avait débarqué. Elle venait de passer son permis de conduire et ses parents lui avaient offert sa première voiture. J'avais été ébloui par cette jeune fille au nez retroussé et aux épaules d'Aryenne, une sportive de haut niveau qui enchaînait les tractions, suspendue à la poutre de notre étage. Elle en avait fait onze. Plus tard, à table, elle avait évoqué un incident sur la route avec, « pardon » (elle nous désignait, ma sœur et moi, mais en gardant les yeux fermés), des ratons, elle n'avait rien contre les ratons, hein, seulement contre ceux qui foutaient la merde.

— Ça suffit, avec ce mot, a commenté ma mère, qui le détestait même si on ne faisait que le citer, comme s'il était doté d'une malfaisance radioactive.

— En fait, tu n'as rien oublié, a dit Nora sur un ton au bord de l'insinuation. Tu te souviens du chien ?

Bien sûr, je me souvenais de MacIntosh, si bien dressé que je ne l'avais pas entendu aboyer une seule fois de tout le séjour.

— Tu en es sûr ? a insisté Nora en se penchant vers l'avant, les mains jointes autour d'un globe imaginaire.

Un barbecue avait réuni d'autres parents de notre école qui possédaient des résidences secondaires dans le coin. Pour les recevoir, j'avais composé un bouquet de fleurs des champs que j'avais cueillies moi-même. J'étais à l'aise, beaucoup trop à l'aise avec les adultes qui nous rendaient visite. Moi je savais où placer les fourchettes et les napperons, dans quel ordre disposer les verres, comment enrouler les serviettes de table dans leurs anneaux en bois. Quand Blanche avait fait humer le parfum de mon fabuleux bouquet, Nora avait haussé les épaules et déclaré ne rien sentir de si spécial. Un silence gêné avait sanctionné son insolence. Les sourires s'étaient fanés. Était-ce sur ces mines décomposées qu'elle souhaitait rembobiner le film de notre vie commune, un quart de siècle auparavant ? Quand Nora racontait une histoire, comme ma mère elle se donnait le rôle de l'héroïne qui n'avait pas froid aux yeux et dont les tirades terrassaient ses adversaires qui en étaient réduits à lui demander de répéter si elle osait. Elle osait, évidemment. Mais là, elle ne disait plus rien. J'ai vu ses naseaux gonfler, se surélever en augmentant le volume d'air qu'il leur fallait absorber pour ne pas imploser.

À la rentrée mon meilleur ami avait pris ses distances avec moi. Il avait fini par me révéler pourquoi, lors d'une boum sous-fréquentée à cause d'une épidémie de gastro-entérite, où nous n'avions pas eu d'autre choix que de crever l'abcès : sa mère n'avait pas trop apprécié que nous oubliions de dire merci.

Un pff collectif a fusé dans le salon, comme une flambée de colère rétrospective.

Mais ce n'était toujours pas le morceau que Nora voulait que je crache. En s'adressant principalement à Elliott, complètement réveillé, elle nous a raconté sa version de cet été et du barbecue final, surtout, les chipolatas qu'ils avaient fait exprès de commander après avoir évoqué et balayé d'un revers de la main l'éventualité que nous ne mangions pas de porc, et la conversation des adultes à laquelle j'avais été si heureux de participer, euphorique même, surtout quand on m'avait donné l'occasion de répéter les fadaises auxquelles croyait papa, les voyantes qu'il consultait pour déterminer la couleur de la casaque sur laquelle il allait tout miser ; il engloutissait ses maigres gains au jeu dans ces séances, et ma sœur s'en souviendrait toujours à cause des rires en cascade que l'évocation de la naïveté et des superstitions de notre père avait provoqués parmi nos hôtes, des rires pleins de bienveillance et de duplicité auxquels je m'étais mêlé sans vergogne, sans rien comprendre et en comprenant tout – qu'il fallait se moquer des gens qui voyaient des voyantes pour ne pas connaître leur sort.

Dans le silence qui a suivi, j'ai vu ma mère rougir, ce qui ne lui arrivait jamais. J'aurais aimé affronter ma sœur et répliquer comme je savais le faire avec ma verve et mon célèbre débit mitraillette, mais contrairement aux autres souvenirs avivés par le soleil de cet hiver terrible, celui-ci ne scintillait pas, aucune brume ne nimbait l'éclat dont il brillait, dur et froid comme la trahison dont je m'étais rendu coupable et qu'il se contentait de restituer, sans doute possible.

Elliott, qui percevait la tristesse et la tension dans l'air même s'il n'en saisissait pas la cause, a haussé le ton pour demander ce qui se passait et pourquoi tout le monde avait les sourcils fâchés.

Chelsea a posé sa main sur la sienne, pour qu'il se taise.

— Papa est venu nous chercher en fin d'après-midi. Aucun souvenir de ça, non plus, ou alors… ?

— Il s'est fait attaquer, ai-je murmuré.

— Nous y sommes.

— Mais par qui ?

C'était trop flou, trop lointain. Je me souvenais d'une figure sombre, d'un visage basané surgissant à l'orée du jardin, sans être passé par l'intérieur de la maison. MacIntosh aboyait, grognait avec férocité, il essayait de nous protéger de cet étranger. Ce n'était pas du chien que j'avais peur, c'était de l'étranger. Mais cet étranger, au fur et à mesure qu'il s'était rapproché, j'avais compris que c'était mon père, qui venait simplement nous chercher pour nous ramener à la maison.

— Mais tu ne voulais pas rentrer à la maison. Tu n'as jamais voulu rentrer à la maison.

Nora estimait sa contribution terminée après cette sentence irrévocable. Personne n'osait plus faire de commentaire. De manière totalement inattendue, la voix de Danilo s'est alors hissée au-dessus du malaise :

— À quoi bon remuer le passé ? Vous étiez des enfants, tous les deux…

Sauf que ce n'était pas la voix habituelle de Danilo qui parlait, c'était celle de mon père. Et j'étais visiblement le seul à subir cette hallucination auditive. Nora ne remarquait rien, comme elle n'avait rien remarqué quand je lui avais donné à reconnaître la voix de notre père.

Elliott entendait tout comme moi que quelque chose n'allait pas. Sans doute repensait-il à la voix du champignon noir, celle de Gabriel, dont je lui avais dit qu'elle ressemblait à celle de mon père. Il prenait un air sérieux et curieusement provocateur quand nous l'écoutions ensemble. Mon père, cet homme sans nom et sans visage qu'il n'avait aucune raison d'appeler papi, cet astre lointain dans la chaleureuse galaxie de son enfance, exclu de la chaleur qui nous permettait de graviter dans l'orbite les uns des autres. Mon père l'intriguait au moins autant qu'il m'intriguait moi – était-il gentil avec tous les enfants ou seulement avec les enfants sages ? était une question qu'Elliott me posait sans cesse. Il avait ce regard mi-grave mi-polisson et j'aurais juré à cet instant qu'il entendait, comme moi, que son *avo* parlait avec une voix qui n'était pas la sienne, une voix qu'il usurpait, je le savais car il ne bougeait plus, mon fils chéri. Une peur si vive l'avait saisi que je ne reconnaissais plus la forme de ses yeux, une peur si vive qu'elle empêchait toute larme de s'en écouler. En revanche, des gouttes se détachaient de l'ourlet de son bas de pyjama et remplissaient une petite flaque autour de ses chaussons.

— Elliott !

Je lui ai hurlé dessus, comme je ne l'avais jamais fait, comme si c'était sur moi qu'il avait uriné, comme si c'était notre secret le plus intime que cette petite mare de pisse révélait.

Je n'avais jamais crié sur Elliott avant cette nuit-là, je n'en avais même jamais eu la tentation ou l'impulsion. Plus que l'incrédulité et la douleur dans le regard de mon fils, c'était le sentiment de défaite dans celui de Chelsea qui m'accablait : elle était professionnellement outillée pour anticiper les évolutions d'une personnalité comme la mienne, et pourtant elle semblait n'avoir rien vu venir.

Chacun est allé se coucher tandis que je restais au rez-de-chaussée pour ranger. Comme Chelsea ne m'a pas rejoint dans la cuisine, j'en ai déduit qu'elle me tenait pour responsable du *petit accident* d'Elliott, et qu'elle allait pour me punir passer la nuit dans le lit de notre fils, afin qu'il lui explique. En public il avait refusé de donner des précisions sur ce qui avait instillé en lui une telle terreur. Je connaissais la vraie raison, mais comment aurais-je pu la dire sans m'aliéner d'un coup toute la famille ?

Je suis resté dormir en bas, sur les lieux de mon crime, au coin du feu qui s'éteignait sans crépiter.

Dans le rêve qui m'a tourmenté et réveillé en sursaut sur ce canapé inconfortable où je ne pouvais pas étendre mes jambes, ma mère parlait de quelqu'un que je comprenais être mon père, en avouant son secret absurde et indicible, qu'il *mordait*, tout le monde le savait mais personne n'osait en parler et une honte ancestrale me submergeait, plus profonde que les fosses des océans, plus vaste que la somme des nations qui avaient peuplé la terre depuis que notre espèce marchait debout. Moi aussi, j'étais de la race qui mordait, partout je sentais l'appel de mon sang véritable, jusque dans le bas du dos où, sous l'effet d'une force invincible, mon coccyx gonflait, s'allongeait, perçait la fine peau qui recouvrait la dernière de mes vertèbres. La pointe d'os et de cartilage qui prolongeait ma colonne vertébrale bosselait le tissu de mon pantalon. Une queue surgissait du sillon de mes fesses, se déployait et je poussais un cri strident, un couinement intolérable pour des tympans d'homme, mais je n'étais déjà plus un homme à ce moment-là. Je marchais sur la neige, je me retournais sans cesse et mes mains aussi voulaient marcher. Je pourchassais un fantôme et trébuchais à chaque foulée. Mes épaules s'alourdissaient, ma nuque, assouplie, se raidissait, puis se détendait encore. Tout mon corps trépidait au rythme d'un souffle nouveau, à la fois plus court et plus puissant, jusqu'à ce que mes mains et mes pieds s'enfoncent simultanément dans le champ de neige qu'étaient devenus notre ville et le monde au-delà. Mon buste et mes abdominaux s'accoutumaient à la position horizontale. Mes genoux fléchissaient de concert avec mes bras. Je m'enfuyais à quatre pattes, insensible à la morsure du froid et de mes souvenirs.

J'ai attendu que ma sœur et mon beau-frère repartent, deux jours plus tard, pour écrire un message à Gabriel. À ma grande surprise, son numéro n'était plus attribué. Je ne connaissais ni son nom de famille ni son adresse. Le service clients d'Uber a refusé de me donner les détails de la course qu'il avait poursuivie jusqu'à son domicile après m'avoir lâchement abandonné, peu avant Noël, quand j'avais le plus besoin de lui. J'ai appelé le Cook County Hospital, ils ne pouvaient pas me dire s'il y avait une Gabriella parmi leurs infirmières, et mes recherches successives sur leur site Internet, sur LinkedIn et les réseaux sociaux du personnel de la myriade de pavillons et services de cet établissement tentaculaire se sont révélées infructueuses. Je passais mes journées à errer méthodiquement dans les rues en damier du quartier de Little Village, à l'orée du South Side où il ne fallait pas s'aventurer.

En désespoir de cause, je me suis résolu à retourner au musée, dans la salle des Safari, sur cette morne banquette où j'enchaînais les invocations d'une voix sans force, celle d'un homme qui ne croyait pas au pouvoir de la prière, qui n'y avait jamais cru, et que les dieux ont néanmoins entendu et exaucé, par un beau matin, le dernier de l'année. Ce n'était pas l'archange que j'espérais, mais son amie minnesotienne. Elle m'arrivait avec un large sourire aux lèvres, et ces yeux brillants et complices qui devaient lui avoir valu tant de faveurs, du temps où on pouvait encore lui en accorder qui lui importent. Nous sommes restés assis l'un à côté de l'autre, devant les dobermans muets du tableau de mon maître. Elle reprenait son souffle en lâchant çà et là des sifflements mélodieux. Il m'a paru qu'elle sentait bon lorsque nous avons engagé la conversation.

C'est elle qui m'interrogeait, d'abord, sur ce qu'elle adorait appeler ma *théorie*. Le mystère de la disparition d'Omid Safari la passionnait, était-il vrai que je lui avais consacré un ouvrage ? J'hésitais à m'engager sur ce terrain, mais la possibilité qu'elle sache comment retrouver Gabriel pesait trop lourdement dans la balance. Sans un mot sur notre ami commun, j'ai résumé à gros traits la vie et l'œuvre du peintre disparu un soir d'été, alors qu'il séjournait en Californie du Nord avec sa femme, et travaillait sur son dernier tableau, inachevé. Aucun musée n'en avait fait l'acquisition, on ne pouvait le trouver dans aucune collection privée.

Harmony a porté ses phalanges jointes à ses lèvres, pour ravaler un sanglot.

— Son histoire me bouleverse, m'a-t-elle confessé, pour des raisons *personnelles.*

Son insistance émue sur ce dernier mot appelait une réaction différente de la question qu'elle m'a fait bredouiller :

— Vous en avez parlé à Gabriel ?

J'ai vu qu'elle tiquait. Elle m'a demandé si elle pouvait me poser une question, elle aussi :

— Il vous a dit qu'on était devenus très proches ?

J'ai fait comme si j'étais parfaitement au courant.

— C'est la première fois que je sens que quelqu'un m'écoute et me parle vraiment.

J'avais pensé la même chose de Gabriel, et de nombreuses personnes, avant Harmony, avaient pensé la même chose de moi.

Jamais il ne m'avait paru plus évident qu'il ne s'était pas introduit dans ma vie par hasard. Il savait qui j'étais. Il était en train de me donner une leçon, partant soudainement en voyage d'affaires, comme moi, en laissant derrière lui sa *cliente*, sa victime, pour m'indiquer qu'il savait aussi que les clients de mes safaris, que je considérais pudiquement, hypocritement, comme mes *lecteurs*, n'étaient pas seulement des victimes mais les miennes.

— Et sinon, vous savez où il est ?

— Qui ? Gabriel ?

À son haussement d'épaules redoublé d'un reniflement ennuyé, j'ai compris qu'elle savait mais que je n'avais pas suffisamment gagné sa confiance pour qu'elle me le révèle. Je ne peux pas parler de morgue, la dissimulation de quoi que ce soit qui pouvait y ressembler était devenue comme une seconde nature, pour elle ; elle me donnait le sentiment d'avoir payé sa place dans le monde au prix le plus élevé, tandis que Gabriel, mon père ou moi nous ne nous tenions jamais que sur des strapontins.

Je n'avais plus le choix. Au bout d'une pause dans notre bavardage, j'ai poussé Harmony à me raconter l'histoire de son fils, en faisant semblant de la découvrir. C'était un risque calculé : je ne la lançais pas sur son sujet préféré mais sur le seul sujet qui l'intéressait réellement. Elle en parlait d'un ton de sérénité feinte, en choisissant des termes et des expressions toutes faites qui pavaient le chemin d'un récit solide et rassurant, celui d'une chute et d'une remontée de la pente. Elle ne mâchait pas ses mots sur sa descente aux enfers, elle évoquait ses pensées suicidaires sans les saupoudrer d'euphémismes. Quand elle s'est tue pour que je réagisse, je lui ai fait observer qu'elle ne s'appesantissait pas assez, selon moi, sur le chapitre de sa biographie qui avait précédé la disparition. Le bonheur de vivre avec son fils, de le voir bouger, danser, développer diverses aptitudes, concevoir ses propres notions des choses ; le bonheur de le voir grandir et de l'aimer sans limites.

— Gabriel m'a dit la même chose.

— Vraiment ?

— Il me parlait de cette fillette qu'il a vue grandir, et qu'il ne voit plus du tout maintenant. Et il me racontait leurs instants de bonheur. « Je l'aimais sans limites », disait-il.

Quel bonheur ? Quel amour ? Quelle fillette ? S'agissait-il de l'enfant de Gabriella ? Il n'était jamais entré dans ces détails avec moi, mais je n'ai rien laissé filtrer de ma déception.

— Si vous saviez, a dit Harmony en me regardant avec des yeux écarquillés pour que je ne mette pas sa sincérité en doute, si vous saviez comme j'ai un grand cœur, un grand grand cœur, oui. Ah, j'ai des souvenirs… Je me souviens de tout.

Lointain, ce passé brûlait pourtant d'une flamme trop vive. Elle gémissait. Ce n'était pas la première fois que j'entendais ces gémissements. Je me suis tourné vers Harmony et je l'ai prise dans mes bras. Ce n'était pas non plus la première fois que je prenais une dame de son âge dans mes bras avant de lui faire une proposition indécente.

Je l'ai revue trois jours plus tard, au même endroit.

Puis deux jours après.

Puis le lendemain.

Nous ne parlions que de bonheur, des jours heureux. Je ne disais pas un mot d'Elliott, mais je ne pensais qu'à lui, mon trésor sur qui j'avais crié, que j'avais trop et mal couvé car il aurait fallu que je le protège de moi-même, de rien ni personne d'autre. C'était moi, le chien méchant. J'étais le premier des dobermans enragés du tableau. Mais je savais accrocher ma propre muselière.

Je n'avais jamais accepté d'écrire un mémoire pour le parent d'un enfant disparu. Que raconter ? Comment prolonger une vie qui n'avait presque rien duré ?

Au bout de notre quatrième séance, nous avions extrait de la mémoire d'Harmony et de ses archives physiques toutes les informations qui allaient m'être nécessaires pour donner vie à son Jimmy dans les pages d'un livre sur mesure. Elle n'avait pas de dalle où verser ses larmes, pas de cimetière où promener sa tristesse. Onze, bientôt douze ans plus tard, la disparition de son enfant labourait ses nerfs de manière continue, quoi qu'elle en dise ou ne s'en aperçoive. Les enquêtes humaines avaient failli. Elles n'avaient exhumé aucune piste, aucune preuve, elles n'avaient produit qu'un haillon de conjectures éparses. Laissant libre cours à mon imagination, j'ai entrepris de les rassembler afin de raconter la vie de son fils, une vie de son fils – non pas les quatre années qu'il avait passées sous sa protection, mais celles qu'il coulait depuis, loin d'elle, mais quelque part. Il suffisait de l'inventer, ce quelque part.

Ma mère et Danilo ne voulaient pas quitter Chicago avant la première rentrée des classes de leur petit-fils. Ils partaient avec le sentiment d'une mission accomplie, sentiment que j'avais passé toutes les soirées qui avaient suivi le désastre de Noël à méticuleusement corroborer, multipliant les propos magnanimes et les mises en scène de la paix retrouvée. Je les avais remerciés d'avoir passé du temps avec Elliott, alors qu'ils n'étaient pas venus pour autre chose. C'était la première fois, grâce à eux, que je passais, moi, autant de temps éloigné de mon fils, en journée. On t'a permis d'avoir un sas, résumait Danilo qui n'aimait pas les images à moins qu'elles ne soient concrètes, spatiales.

— Parfois dans la vie on a besoin d'aide pour apprendre à se séparer de ceux qu'on aime, pour leur bien.

J'approuvais de toutes mes têtes, tout en me sentant prêt à aboyer et à mordre s'il filait la métaphore et que le sas débouchait sur je ne sais quel nid d'où mon enfant devait apprendre à s'envoler.

Elliott m'avait boudé une matinée entière, le temps d'ouvrir ses cadeaux, puis nous avions discuté et je lui avais présenté mes excuses, qu'il avait pris l'adorable initiative d'attendre vingt-quatre heures avant d'accepter. Ma mère avait été moins coriace quand j'avais voulu me faire pardonner mes sales pulsions de jeunesse.

Elle avait secoué la tête avant de me donner sa joue à baiser.

— Il a raison, Danilo, vous remuez trop le passé. Vivez, bon sang ! On n'a qu'une vie !

Toute la mienne s'évertuait à démentir cette affirmation, mais l'humeur était à la réconciliation, pas encore à la vérité.

Au début de janvier, le jour du vingtième anniversaire de la disparition de mon père, nous avons allumé une bougie que nous avons placée dans l'évier de la cuisine. Ma mère et moi sommes restés un instant sans rien dire, en buvant, moi une tisane, elle un café, puisque le café ne l'avait jamais empêchée de dormir, contrairement à tant d'autres choses.

Danilo et elle nous ont quittés trois jours plus tard. Nous nous sommes embrassés devant l'entrée du terminal British Airways. Ils faisaient un crochet par Londres pour revoir Nora avant de rentrer pour de bon.

Danilo a écarté ses longs bras après avoir été sur le qui-vive pendant quelques instants, je le voyais bouger ses lèvres sous son épaisse moustache, craignant de rater le moment des adieux. Quand il m'a serré contre lui, en commençant comme toujours du mauvais côté, moi qui ne pleurais jamais j'ai éclaté en sanglots. Ma mère n'a rien vu : elle tenait la jambe d'une employée de la compagnie qui lui rappelait sa nièce Sofia, tandis que je versais de chaudes larmes sur l'épaule cabossée de l'homme qui avait remplacé mon père.

— Tout va bien, mon grand, m'a-t-il dit de sa belle voix de basse, tout va bien se passer.

Ils étaient contents d'avoir embrassé Elliott ce matin, avant son départ pour l'école comme les enfants normaux des gens normaux.

Cette semaine-là, je devais revoir Harmony pour notre cinquième séance, la plus importante, celle où j'allais lui proposer formellement de préparer un safari pour elle, de devenir son romancier privé. Mais Harmony est arrivée en retard et dans un état déplorable. Il y avait des problèmes avec son orphelinat de Manille, qu'elle n'était pas capable de gérer à distance, qu'elle n'aurait pas été capable de gérer sur place non plus. Dans l'urgence elle avait acheté un billet non remboursable mais elle n'avait pas trouvé l'énergie de se rendre à l'aéroport. Ses médicaments contre la douleur ne l'atténuaient plus. Son antidépresseur restait sans effet. Elle en avait augmenté la dose, sans consulter personne. Chaque alerte Amber pour signaler un enlèvement lui serrait le cœur. Elle faisait des cauchemars qui la renvoyaient aux mois, aux années perdues à placarder des affiches sur toutes les surfaces du monde extérieur susceptibles d'en accueillir. Elle les revoyait flotter dans le caniveau, déborder des poubelles. Le visage de son petit ange traîné dans la boue de l'indifférence. Elle se réveillait échouée sur son lit king size, en pleurs, tous les matins depuis que nous avions ressuscité la mémoire de son fils. Ces séances étaient en train de la détruire.

Dans une tentative mal fagotée d'y mettre un terme, je lui ai proposé de me décrire les liens qui l'unissaient à Gabriel.

Elle a baissé le regard à la diagonale, soupçonnant, enfin, que c'était là l'unique motivation de ces moments d'intimité et de confiance absolues que je nous encourageais à partager.

— Son numéro ne marche plus.

— Pour moi, si, a-t-elle murmuré sans modifier l'inclinaison de son visage aux angles et au menton charmants.

J'étais assez concentré sur mon objectif pour réaliser d'une part que je ne l'atteindrais pas ce matin-là, pas encore, et d'autre part que je ne pouvais pas risquer un refus de la part d'Harmony de me communiquer le nouveau numéro de notre ami, qui m'aurait ramené en arrière, à l'époque où je ne savais pas qu'il me ghostait et en étais rendu à le chercher dans l'annuaire ou sur LinkedIn.

La bonne tactique – au sens de son efficacité – était celle pour laquelle j'ai opté : le silence radio du jour au lendemain. Je vivais sous le sortilège de la voix du père, le mien et celui de tous les pères à qui un père manquait.

On ne soudoyait pas une femme aussi riche qu'Harmony avec de l'argent, alors il me fallait lui offrir autre chose, une œuvre qui n'aurait de prix et de valeur que pour elle.

En attendant que la rupture de toute communication entre nous lui soit devenue intolérable, je travaillais sans relâche pour fabriquer une existence alternative à son Jimmy. Cette fois-ci, il était hors de question de m'éloigner d'Elliott, pas depuis que je m'étais mis en tête qu'un prédateur déguisé en homme-chien nous traquait depuis des mois, menaçant ma femme sur son lieu de travail, épiant chacune de mes sorties avec mon fils, ayant compris dès le début que la meilleure façon de m'atteindre était de s'en prendre à ceux que j'aimais.

Les matins, après avoir déposé Elliott, je m'installais dans un café avec vue sur l'entrée de son école. Quand il traversait la rue avec ses maîtresses et ses camarades pour aller jouer au parc ou visiter un musée, je prenais la classe de mon enfant et mon propre enfant en filature. Un jour sur deux, j'étais convaincu que j'allais voir surgir les grandes oreilles noires de Gabriel aux abords de l'école, étudiant les parages avant de passer à l'action. Je privilégiais de nouveau le scénario où il était le parent d'une ancienne cliente, entré dans ma vie pour se venger et me torturer comme on pouvait estimer que je torturais les riches lecteurs à qui je pensais apporter, au contraire, la consolation dont le reste du monde les privait. Je n'avais eu que des retours positifs sur mes safaris. Cependant, un de mes clients était peut-être mort, son fils avait peut-être découvert un de mes tapuscrits non signés sur la table de chevet et remonté ma piste.

Et si Gabriel n'était pas un parent fâché, mais un tueur à gages ? Et s'il travaillait pour le FBI, dernier écrou d'un piège échafaudé de longue date, qui allait se refermer sur moi et me faire traduire en justice pour escroquerie sur personnes vulnérables ?

Quand mes crises passaient, je me rappelais que je n'étais pas un escroc ; mes romans répondaient à une commande, à un besoin qu'aucune institution ne semblait avoir identifié ; et puis Gabriel avait la voix de mon père. Je rêvais qu'il l'ait apprise à ses côtés, qu'il ne me voulait donc pas de mal, seulement me préparer à le retrouver, quand j'aurais moi-même retrouvé un peu de paix intérieure… Dans de précédents safaris, j'avais raconté comment des disparus avaient souffert de crises d'amnésie subite, oubliant jusqu'au nom de leur rue. Tout était possible, y compris ces éventualités hautement improbables vers lesquelles je penchais pour m'assoupir après avoir cherché pendant des heures laquelle des joues de mon oreiller était la moins tiède.

La ligne rouge dansait sous mes pieds, de plus en plus floue, jusqu'à ce que je ne la voie plus ni devant ni derrière moi.

Le Jimmy fictif empruntait beaucoup à mon propre fils. Immortalisé sous les traits d'un autre, cet enfant monstrueux, cette chimère de petit garçon grandissait ainsi au sein d'une famille aimante qui ressemblait en tout point à la nôtre, à ceci près qu'ils vivaient dans une communauté autogérée itinérante. Ils avaient repêché Jimmy après sa fugue sur le parking du supermarché, qui s'était terminée par une chute accidentelle dans la rivière la plus proche. Il avait dérivé, mais survécu. Aphasique, le petit n'avait rien dit pendant des mois. Le couple anticapitaliste ne regardait pas les informations qui ne font que propager les bruits de la guerre et les pensées envieuses. Étaient-ils totalement étrangers à l'envie ? Ils n'avaient pas voulu d'enfants ; maintenant qu'ils en avaient un, si adorable, ils excluaient de le renvoyer vers ce monde de surconsommation et de compétition sauvage. Leur transhumance sous les radars les avait menés en bordure d'une bourgade au Canada, où ils s'étaient installés. Jimmy jouait au trappeur avec d'autres enfants de la communauté. Il avait les joues roses et dormait chaque nuit du bon sommeil dont vous récompense la vie au grand air.

Tout le contraire de mon fils. Dans la réalité, Chelsea parlait souvent à la maîtresse d'Elliott et suivait de près ses premiers pas à l'école, en compagnie d'autres enfants de son âge. Nos conversations à ce propos ressemblaient au visionnage d'un film d'horreur où je me serais caché les yeux et bouché les oreilles à chaque scène de violence : Elliott pleurait souvent au moment de me quitter, et l'idée qu'il ne se faisait pas d'amis, qu'il continuait de penser à moi et regrettait les années que nous venions de passer collés l'un à l'autre m'était trop douloureuse ; je préférais me réfugier dans la biographie de Jimmy. En passant d'une douleur à l'autre, je me ménageais un bref espace, un corridor de soulagement.

J'avais affublé Jimmy d'un don précieux : celui d'imiter la voix des autres à la perfection. Dans une scène amusante, il expliquait à son meilleur copain comment, pour inventer le visage de la voix qu'on allait reproduire, il fallait tordre les muscles minuscules autour de la bouche, altérer la position de ses sourcils, jusqu'à la manière dont ses pieds se plantaient dans le sol. Car le corps tout entier imitait, les cordes vocales ne servaient qu'à l'impulsion finale ! Bambin espiègle et perspicace, mon Jimmy amusait la galerie, ne s'ennuyait jamais si bien qu'on ne s'ennuyait jamais à ses côtés. Des années plus tard, à l'âge que le vrai Jimmy aurait alors, quatorze ans, je racontais sa première histoire d'amour, avec une fille draguée en imitant au téléphone la voix d'un youtubeur à cent cinquante millions de fidèles qui lui ordonnait de sortir avec Jimmy. Jimmy le clown, sacré Jimmy. Le grand Jimbo qui volait la voix des autres. Allait-il oublier le son de la sienne dans un retournement inattendu, un twist à visée édificatrice ? Ou allais-je l'accabler d'un drame *ex machina*, le rendre responsable et coupable d'un accident de la route fatal etpermettre à ma lectrice alors solidement harponnée d'oublier la trame du drame originel ?

Quand je me penchais sur l'avenir d'Elliott, je ne devinais jamais les traits du préadolescent qu'il deviendrait à travers ceux de l'enfant à la peau lisse qui me prenait spontanément la main quand nous nous approchions d'un passage piéton.

Je peinais à concevoir une issue à l'histoire bancale de ce gosse disparu dans le Minnesota. D'habitude, huit heures d'entretien suffisaient à préparer mon travail. Mon héritage paternel le plus incontestable était la douceur de ma voix. Ce n'était pas moi mais ma voix qui mettait mes interlocuteurs en confiance. Prestidigitateur chevronné, je subtilisais les détails qui m'intéressaient vraiment en focalisant toute l'attention sur ceux relatifs à la personne disparue. La psychologie du survivant était naturellement ma seule source authentique, mon seul outil de travail, or je n'avais aucune affinité avec Harmony. Sa proximité mystérieuse avec Gabriel me rendait suspicieux. L'empathie était une condition nécessaire ; d'aucuns auraient dit mon fonds de commerce. Quand j'en étais dépourvu, les galets de mon imagination se frottaient pour rien. L'argent n'avait évidemment jamais été une motivation, seulement un prétexte, un habillage social, une manière de nous faire croire à nous-même que nous ne nous engagions pas jusqu'au bout des bras dans une activité fondamentalement licencieuse. Car ce fonds de commerce était aussi pour moi une passion, un frisson, la source de mes émotions les plus fortes. Comme mon père qui avait été, un temps, éboueur, je trouvais une satisfaction inexprimable à drainer les conduits bouchés, à voir jaillir un torrent de larmes fraîches et claires sous le soleil de mes vérités parallèles.

Mais pas avec Harmony. Puisque nous nous disions tout, elle s'était résolue à me raconter certaines choses qu'elle avait faites aux Philippines, avec des enfants de l'orphelinat ; une dangereuse habitude qu'elle avait voulu importer ici, à Chicago, avec sa femme de ménage qui avait un jeune enfant et à qui elle avait proposé de fêter son anniversaire en avance de plusieurs semaines mais tous frais payés… à condition que le garçon accepte de répondre au prénom de Jimmy pendant quelques heures de cet après-midi, et que ce soient les lettres J, I, M, M, Y qui ornent le gâteau préparé sur mesure…

— Qu'a dit la mère ?

— Je ne lui ai pas proposé, finalement. On m'en a dissuadée, in extremis.

— « On » ?

Trop occupé à déterminer si les larmes que je voyais inonder ses joues avaient déjà été pleurées en face de notre ami commun, je n'éprouvais pour Harmony qu'une pitié diaphane, diluée par trop de sentiments rivaux, dont aucun ne s'apparentait à de l'amour. S'il n'y avait pas d'amour, ma forge restait froide.

Un jour de mars, après plusieurs semaines à ignorer les appels d'Harmony (elle ne laissait jamais de messages), j'étais au fond du trou, alors c'est moi qui ai cédé et lui ai demandé si elle accepterait de prendre un café avec moi. Elle m'a donné rendez-vous l'après-midi même, dans un parc au pied de sa résidence. Elle allait justement réessayer de me joindre ! Elle n'avait aucun moyen de savoir que je travaillais d'arrache-pied pour elle, mais elle était surexcitée : suite à nos passionnants échanges sur les peintures de Safari, elle s'était adjoint les services d'un détective privé qui avait retrouvé (j'ai cessé de respirer) non pas Omid lui-même, mais l'endroit où vivait sa femme depuis qu'elle se considérait comme veuve : une petite localité du Mississippi. Sur un coup de tête, elle s'y était rendue, quelques jours plus tôt. Neuf heures de route aller, neuf heures de route retour, sans moi vu que j'ignorais ses coups de fil.

Elle m'a fait un clin d'œil.

Tout le monde avait l'air d'un gueux à côté d'Harmony : les passants nous observaient du coin de l'œil, et se retournaient au moins une fois sur deux pour s'assurer qu'ils n'avaient pas croisé quelqu'un d'important ; à moins qu'ils n'aient voulu contempler le cornouiller en fleur au-dessus de nos têtes. Je savais que Safari avait peint un hôtel en ruine à Biloxi, sur la côte du golfe du Mexique, et nous y avions fait un saut rapide, avec ma femme, lors de notre grand pèlerinage safaristique, quelques années auparavant. En franchissant la frontière de cet État du Sud profond, j'avais eu l'impression de plonger dans une autre dimension, de passer dans un autre pays, à tout le moins : la couleur de la chaussée changeait, on roulait sur du bitume ocre comme la terre battue ; les chambres des motels étaient fumeurs et les paquets de Newport coûtaient deux fois moins cher qu'ailleurs. Des croix se dressaient partout sur le bord de l'autoroute, en bois blanc, déguisées en guitare électrique. Une multitude de symboles confédérés s'affichaient en renfort, sur les pare-brise des pick-up, les vitres des stations-essence. Le vent faisait claquer ces sinistres drapeaux sur leur hampe, tandis que le carillon d'une église retentissait dans une Main Street déserte, jouant des chorals de Bach en diatonique, amputés de leurs demi-tons, inécoutables, n'était la foi du charbonnier.

Harmony n'avait sans doute pas ressenti mon angoisse : la chrétienté était son élément, néanmoins elle n'en menait pas large en s'engageant sur la sale route qui conduisait au portique défoncé de la propriété de Mrs Safari.

— Une petite dame avec des cheveux encore très noirs, des manières un peu sèches. Pas sympathique, il faut bien l'avouer. Je ne m'attendais pas du tout à ce qu'elle ressemble à ça. Elle s'occupe d'une clinique pour animaux abandonnés, des chiens malades essentiellement. J'imagine que c'est là qu'Omid a puisé son inspiration pour *Rabid Dogs*.

Au milieu d'une forêt de pins et de noyers cendrés, sa cabane de plain-pied côtoyait un chenil d'où aucun aboiement ne s'échappait jamais. Après lui avoir fait du café et confié que son mari, un homme difficile, disait-elle, orgueilleux comme tous ceux qui choisissent de disparaître, ivres du sentiment de leur propre importance, elle avait montré à Harmony son ultime tableau qui prenait la poussière derrière un canapé. Un autoportrait, pour lequel la richissime héritière avait déboursé un montant largement au-dessus du prix demandé et qu'elle venait d'accrocher au mur de son appartement dans le West Loop.

Elle s'est tournée vers moi et a posé sa main sur mon genou.

— Je ne sais pas quoi faire de ce tableau, m'a-t-elle confié en baissant d'un ton, comme si elle avait peur que Mrs Safari ne l'entende depuis l'autre bout du continent. J'étais heureuse de l'acheter parce qu'il pourrissait littéralement sur place, mais je sens que je devrais l'offrir au musée des Beaux-Arts de Chicago. Bref, je me suis dit que comme j'avais la chance de connaître le meilleur expert de l'œuvre de Safari, le plus simple était encore de lui demander son avis…

Quelques instants plus tard, nous étions côte à côte dans l'ascenseur privé qui montait directement à son penthouse. Les battants se sont ouverts sur une intimidante enfilade de pièces recouvertes du même parquet brillant. L'appartement transversal occupait tout l'étage et comptait quatre salles de bains, une panic room, un cellier, une cave, et de nombreuses verrières et baies vitrées qui vous donnaient la sensation de flotter au niveau des nuages. Seuls deux d'entre eux, roses et longs comme des lames, zébraient le ciel du crépuscule quand j'ai enfin découvert l'ultime opus et le seul autoportrait connu de mon maître. Ma déception était à la mesure du bonhomme dégarni que j'avais sous les yeux : on aurait dit un employé de banque souffrant de constipation chronique. Son regard n'exprimait rien, ne donnait aucun indice sur l'essentiel, sur le pourquoi, pourquoi certaines personnes choisissent de s'en aller, de disparaître des radars en ignorant l'amour des leurs.

— Alors ?

Ma consœur safariste venait de préparer du thé. Elle glissait derrière moi, entre deux canapés à 25 000 dollars pièce. Les tasses se bousculaient sur son plateau. J'aurais dû lui proposer mon aide mais soudain je ne la supportais plus, ni elle ni cette passion commune, cette folie Omid où je l'avais entraînée.

— Gabriel, ai-je chuchoté.

— Gabriel ?

— Où est-il ?

Il y avait dans mon ton une dureté et une exaspération impossibles à mésinterpréter.

— J'ai parfois l'impression que c'est la seule chose qui vous intéresse…

Je n'avais plus d'idées, plus de stratégie. J'ai tenté une dernière chose : lui révéler mes *fortes* raisons de penser que Gabriel était un escroc.

— Je le soupçonne d'en avoir eu après mon argent… et peut-être après le vôtre…

Elle perdait mentalement l'équilibre. Je l'ai vue esquisser un sourire pour reprendre le dessus, mais les commissures de ses lèvres refusaient de le maintenir.

— Et si c'était vous l'escroc, a-t-elle suggéré en posant brusquement le plateau sur une console. Juste pour savoir : on est combien ? Combien de gogos à avoir gobé votre petit numéro sur… *Safari*, a-t-elle craché avec dédain.

Je n'en avais aucune idée. Pas même un ordre de grandeur. Comment prêter la moindre autorité à une mémoire aussi capricieuse que la mienne ? Tous les souvenirs que je n'avais pas en commun avec Chelsea ne valaient guère plus que des chapitres de fiction.

— Alors, combien ?

Elle haussait le ton, pour me montrer qu'elle n'avait pas peur, que dans sa situation on n'a plus le luxe d'avoir peur.

Je ne pouvais sincèrement pas répondre à sa question. Les noms et les visages tourbillonnaient autour de moi mais je restais muet, la main sur la poitrine, coupable ; comme on se rappelle souvent l'atmosphère du rêve de la veille en reprenant sa position dans le lit le lendemain, au moment du coucher, je repensais à la canopée tropicale de la serre où la tache noire s'était glissée dans ma vie.

— Sortez d'ici ! a-t-elle hurlé, enfin.

Je n'ai même pas essayé de négocier, ou de me justifier. Je savais que je ne la reverrais jamais si je quittais son appartement, et je ne l'ai, en effet, jamais revue après l'avoir fait.

J'étais d'une humeur de chien. Chelsea le sentait ; elle sentait aussi que je ne lui révélerais jamais pourquoi. Sa façon de respecter mes limites et ma temporalité m'exaspérait. Un éclat de voix pouvait suffire à nous plonger dans le silence pendant toute une semaine. Lorsque mon coude frôlait le sien, sous la couette où je l'avais rejointe après m'être assuré qu'elle dormait, je le retirais aussitôt pour éviter le contact prolongé avec sa peau.

Un jour, en ouvrant le coffre-fort du bureau de l'étage, il m'a semblé que la pochette renfermant les esquisses avait été déplacée en mon absence. Elle ne se cornait pas mais occupait un volume différent dans la boîte ignifugée. La combinaison du code alignait les chiffres de la date de la disparition de mon père. J'avais fait exprès de choisir un code trouvable pour cette cachette où je n'avais rien d'important à cacher.

Je n'avais toujours pas ouvert la pochette que m'avait remise ma sœur à Noël. Si c'était bien mon père qui l'avait envoyée – je n'envisageais plus sérieusement d'autre hypothèse –, les indices éventuels qu'il y avait glissés pouvaient bien attendre un mois, une année, une décennie de plus, le temps que je sois prêt à me pencher dessus sans me mettre à vriller encore plus.

Une collègue de Chelsea avec qui nous avions dîné m'avait recommandé un groupe de parole pour proches et parents de disparus. Je m'y étais rendu deux fois, j'avais parlé des esquisses et recueilli une moisson d'avis favorables pour mon idée de sceller la pochette au moyen de la cire d'une bougie, à l'ancienne. Redevenir maître de l'agenda et de mon destin. Ils approuvaient en hochant du menton avec un air pénétré.

Ces cercles de malheureux pleins de bonne volonté n'étaient pas faits pour moi. Je critiquais l'intransigeance de ma sœur Nora, mais au fond j'étais comme elle : il n'y avait pas un groupe auquel j'avais appartenu dont je ne me sois pas autobanni à un moment ou à un autre, de manière plus ou moins véhémente, en y semant la zizanie ou en proférant contre ceux qui en partageaient les valeurs des insultes et des imprécations maquillées en réquisitoires implacables. Ils communiaient dans le mensonge. Ici, c'était celui de la possibilité pour nous autres habitants des limbes d'accéder à une forme de sérénité, à condition d'y travailler de concert et d'ânonner les bons slogans motivationnels. La piété sur leurs visages me révoltait. Moi l'affabulateur impénitent j'avais envie de crier MENSONGE ! à chaque parole qui sortait de leurs bouches. Le seul rôle que j'étais disposé à endosser auprès d'eux, auprès du reste du monde, était celui de l'hérétique. Tout plutôt que m'agenouiller et prononcer une profession de foi à laquelle je n'adhérais pas en mon for intérieur.

Peu après que j'ai eu changé le code de mon coffre-fort, Chelsea a voulu savoir comment se passaient mes rendez-vous au groupe de parole. Je lui ai avoué ne plus m'y rendre car je n'en ressentais plus le besoin. C'était derrière moi. J'avais survécu à l'anniversaire fatidique. Je venais de dépasser l'âge qu'avait mon père quand il s'était volatilisé. Quelle saveur avaient ces jours surnuméraires ? Celle du temps gagné ? Du temps perdu ? Je n'aurais su le dire.

Elliott avait été invité à l'anniversaire d'un camarade, le fils d'un couple que connaissait Chelsea. Les parents déposaient leurs gamins comme on se libère de ses chaînes, avant de s'en aller profiter de leur après-midi l'esprit tranquille. Des jeux avaient été préparés, chaises musicales, ateliers divers, un trampoline qui attendait son heure, celle du rush de sucre, dans leur vaste jardin bordé d'érables bourgeonnants. Comme nous habitions à cinq minutes à pied, nous sommes arrivés les premiers et pendant une demi-heure j'étais mortifié à l'idée que seul Elliott avait répondu présent. Les petits tabourets resteraient vides. Les rangées de chapeaux pointus finiraient dans la poubelle du recyclage. Quand les autres enfants sont enfin arrivés, je suis néanmoins resté, jusqu'à la fin de la journée, pour observer le comportement de mon fils en société et prêter main-forte à nos hôtesses, un couple de femmes de mon âge qui me lançaient des regards de travers entre deux sourires crispés.

C'étaient des amies d'amies de Chelsea que nous avons revues le week-end suivant, au cours d'un barbecue à Hyde Park. Je ne connaissais personne d'autre et pourtant j'ai slalomé tout l'après-midi entre les grappes d'invités pour les éviter. Dans ce raout faussement détendu, avec traiteur et serveurs en livrée discrète, polo rose et noir, mais d'un rose assez vif pour ne pas risquer d'être confondu avec celui d'un convive golfeur, il y avait une seule personne à ne surtout pas fâcher : son organisateur, dont Chelsea avait besoin pour des histoires de réseautage qui me passaient par-dessus la tête. Au moment où elle me faisait signe de la rejoindre au bord de la piscine pour me présenter officiellement, je me suis figé sur place en croyant reconnaître Gabriel parmi les trois cuisiniers autorisés à venir prendre l'air quelques minutes. Eux ne portaient pas de polos mais des pantalons rayés. Ils étaient tous noirs. Leur peau luisait et j'étais incapable de me représenter le visage de l'homme avec la voix de mon père, plus encore de le reconnaître parmi ceux de ces forçats du grill, comme si le petit personnel à la peau brune était un seul et même être humain interchangeable. Je me suis éloigné pour aller saluer Chelsea et le maître des lieux. Le lendemain, j'ai reçu un message de Gabriel, son premier depuis des mois, à partir d'un nouveau numéro dont je ne connaissais pas l'indicatif. Je lui ai tout de suite demandé si c'était lui, au barbecue de Hyde Park. Il a répondu par un point d'interrogation. Je me suis souvenu d'une conversation que nous avions eue – que j'avais enregistrée – sur les racistes qui confondaient souvent les membres d'autres races que la leur.

J'avais attendu ce moment pendant des mois et pourtant ma montre indiquait des pulsations cardiaques habituelles, sous la barre de soixante par minute, lorsque je me suis dirigé vers le lieu de nos retrouvailles. Son pin de géolocalisation désignait une adresse dans le West Side qui ne correspondait à aucun bâtiment. Après avoir traversé une zone de hangars de briques rouges et d'anciens abattoirs aux quais de chargement rouillés, mon Uber, un SUV noir à neuf places et autant de porte-gobelets, a ralenti pour s'engager sur un passage à niveau ferroviaire. Je connaissais cet endroit. Nous y venions, en hiver, avec Elliott. Des flammes allumées sur les rails évitaient que le gel ne contracte ou fissure le métal. Elliott, si calme d'ordinaire, se mettait à hurler de joie quand un train déboulait sur le tapis ardent.

J'ai dit au chauffeur de m'arrêter là, même si je ne voyais pas âme qui vive à la ronde. Sur le trottoir d'en face, bientôt, une voiture à l'arrêt m'a envoyé des appels de phares. C'était une vieille Jeep Wagoneer, un modèle des années 1980 avec des panneaux latéraux en bois et un intérieur en cuir beige. Gabriel avait abaissé le dossier du siège conducteur au maximum, pour s'en faire une couchette. Il était en train de le relever pour m'accueillir. Le coffre débordait de sacs Target et de vêtements jetés en vrac. Des chaussures aux semelles éclatées se ménageaient une place dans ce fatras.

Quand je me suis assis à la place du mort et me suis étonné qu'il habite dans sa voiture, maintenant, il s'est forcé à éclater de rire. Mais il n'a pas démenti. Par deux fois j'avais cru identifier sa silhouette dans la file d'attente d'une soupe populaire, si longue qu'elle contournait tout le pâté de maisons de l'église qui la distribuait. Il m'avait paru inconcevable que ce soit Gabriel, pourtant le vrai Gabriel, l'incontestable Gabriel à côté de qui je venais de m'installer portait le même bonnet rouge enfoncé jusqu'aux oreilles. Il ne s'était pas rasé depuis plusieurs semaines et sa barbe poussait mal. Il avait pris du ventre et semblait accuser une fatigue insurmontable. Sa voix, elle, n'avait subi aucune dégradation quand il m'a avoué traverser une mauvaise passe. Ils avaient reçu l'avis d'expulsion au printemps dernier mais ils n'y avaient pas vraiment cru, ils se croyaient tranquilles pour au moins une année encore ; il répétait le nom d'un colocataire dont il avait oublié ne m'avoir jamais parlé.

— Trois mille dollars, a-t-il dit en toquant contre le toit pelucheux de l'habitacle. Si j'avais su en l'achetant…

Mon père avait connu la misère mais il n'avait jamais eu à dormir dans sa voiture. De toute façon, la plupart du temps il n'en avait pas ; il trouvait toujours un collègue pour l'emmener, et quand un collègue ne pouvait pas, il prenait le train ou l'autocar. On l'embauchait sur des chantiers aux quatre coins du pays, je m'en souvenais maintenant. Il se démenait, c'était injuste et scandaleux d'avoir pensé ou laissé penser le contraire.

— Mon père partait souvent en déplacement, ai-je dit à voix haute à l'homme qui avait pris sa voix.

Comme il n'y avait pas de tremplin au bout de cette phrase, une piste d'où nulle anecdote n'avait prévu de décoller, Gabriel n'a pas su comment réagir.

Un jour, en attendant sa paye, mon père avait été à court de liquide pour s'acquitter du prix du billet pour le dernier bus de la journée, qui ramenait les travailleurs du coin dans leurs foyers. Le conducteur refusait de le laisser monter, sauf pour demander si un des passagers acceptait de lui prêter la somme qui lui manquait. Je suis un père de famille, disait mon père, voici mon adresse, promis juré je vous rembourserai. Tout le monde avait tourné la tête. Il était redescendu et avait marché le long de la route, avec son gros sac à dos, ses chaussures de chantier et sa gamelle, le pouce levé, des heures avant qu'une voiture ne le prenne en stop. Bande de chacals, avait hurlé ma mère en apprenant ce qui s'était passé.

— Bande de chacals, ai-je répété à Gabriel, à propos de ceux qui l'avaient chassé de son appartement de Little Village.

— Mais je vais rebondir, m'a-t-il rassuré en regardant les barrières du passage à niveau se baisser pour laisser passer un train de fret dans un vacarme intolérable.

C'était le moment ou jamais de l'interroger sur l'homme au masque de chien, s'il en avait entendu parler, si c'était lui. S'il niait, je le croirais, et j'étais prêt à lui proposer de l'aider financièrement, je réfléchissais déjà au meilleur moyen de ne pas heurter sa sensibilité de loser au bout du rouleau (car pourquoi m'aurait-il donné rendez-vous ici si ce n'était par une sorte de pudeur désespérée ?) quand j'ai donné un coup de genou accidentel dans le clapet de la boîte à gants. Elle s'est ouverte en laissant tomber une arme à feu. J'ai pris peur, et il m'a semblé que lui aussi. Il a saisi le pistolet par le canon, pour me montrer qu'il n'y avait aucun risque, mais ce qu'il me montrait surtout c'est qu'il manipulait cette arme avec la coupable habileté de ceux qui ont déjà été amenés à s'en servir.

— Calme-toi, j'ai un permis de port d'arme, tout est clean.

Mais je n'étais pas à l'aise en présence d'armes à feu.

— Pourquoi es-tu parti, il y a quelques mois ?

J'aurais pu préciser le nombre exact de semaines et de jours qui composaient ces quelques mois.

— Je te l'ai dit en partant : c'était bizarre, on devenait trop proches. Ça ne faisait pas partie du contrat.

— Le contrat ?

Il a balancé le pistolet non chargé sous son siège et relevé la tête en espérant qu'un nouveau train allait surgir à l'horizon et lui permettre de retarder sa confession.

— J'ai signé un contrat, qui m'empêche de te répondre comme tu voudrais. Une clause de confidentialité. Mais tant pis. J'ai travaillé pour Chelsea.

— Ma Chelsea ?

— Celle-là même.

Ses avant-bras se sont abattus sur le volant. Il m'a alors raconté comment il avait rencontré ma femme un an auparavant, à la salle de sport de Humboldt Park qu'elle fréquentait et où il s'était fait recruter à l'accueil. Il en avait eu marre des coups de chaud, de la graisse des cuisines, et s'était soudain fantasmé en coach personnel, après tout il était en forme, il avait déjà travaillé dans la sécurité privée et appris des techniques de combat dont il pouvait facilement devenir un expert.

Je le connaissais comme je connaissais mon père, de manière parcellaire mais métonymique ; je connaissais leur type, ces personnalités à grandes résolutions, à rêves de retour à zéro, à plans savamment élaborés qui reposaient sur une constance et une discipline qui leur feraient à jamais défaut.

Chelsea doutait probablement qu'il parvienne à réussir dans ce domaine ou dans un autre, mais elle lui avait néanmoins tendu la main et offert un job, après avoir bu un smoothie avec lui et constaté qu'il respirait l'innocence et la bonté.

— Elle m'a demandé si j'étais capable de prendre quelqu'un en filature, de le surveiller sans qu'on me repère. J'ai un peu bluffé et menti sur mes expériences parapolicières, mais je crois qu'elle ne savait absolument pas à qui d'autre s'adresser. On se voyait deux à trois fois par semaine, dès que j'étais à l'accueil elle venait me tchatcher, elle me dévisageait comme tu le fais, d'ailleurs, comme si j'avais un bouton invisible au milieu du nez. Vous êtes bizarres tous les deux. Vous vous êtes bien trouvés. Quand elle a acquis la certitude que j'étais un homme honnête et droit, elle m'a proposé de te suivre partout, quand tu sortais avec Elliott. Elle ne m'a jamais dit de quoi elle avait peur, au juste, mais elle pensait que tu n'étais pas dans ton état normal et qu'il valait mieux avoir recours à des mesures préventives extraordinaires plutôt que d'avoir à regretter pour toujours…

— Elle avait peur que vous passiez trop de temps ensemble, à mon avis, mais moi mon travail était de vous protéger, pas d'avoir des avis. Un garde du corps à distance, si tu veux. Elle me disait que tu étais complètement myope et qu'il fallait vraiment le faire exprès pour se faire repérer par toi. Bref, elle avait juste besoin de se rassurer, et comme elle en avait les moyens elle s'est payé une sorte de babyphone humain. Un garde du corps à distance. Ton serviteur.

— Elle avait peur que je m'en prenne à Elliott ?

— Je ne veux pas me mêler de ce qui ne me regarde pas. J'ai été payé pour te suivre et je t'ai suivi. Jusqu'à ce que je me rende enfin utile, après des jours et des jours à mourir d'ennui, quand tu as perdu de vue Elliott à la serre de Lincoln Park. Bon, il était à côté, je ne mérite pas de médaille. Et d'ailleurs, après cette rencontre qui n'aurait pas dû se produire, j'ai dit à ta femme que j'arrêtais, que je ne me sentais pas à l'aise de continuer de vous suivre depuis que nous nous étions vus et que nous avions parlé et fait connaissance. On était devenus amis, en fait. Je n'avais pas prévu qu'on deviendrait amis. *Too much reality*, a-t-il ajouté d'une voix qui, contrairement à ce qu'il m'avait affirmé, ne variait en rien quand elle parlait dans une autre langue.

J'appuyais sur mes tempes avec mes pouces, j'aurais juré qu'il ne mentait pas mais je ne pouvais pas croire non plus qu'il disait la vérité, j'étais disposé à accepter que Chelsea m'ait mis sous surveillance, que ma paranoïa ait été, comme toujours, justifiée, mais je ne pouvais pas acheter son histoire car elle était trouée en son centre par une énigme dont l'élucidation occupait tous mes efforts depuis trop longtemps pour que j'admette qu'il n'en souffle mot.

— Mais… et ta voix ?

— Ma voix ?

— Comment Chelsea aurait-elle pu savoir pour ta voix ?

— Savoir quoi ?

— Allons…

Un air maussade l'a envahi.

— Si tu n'as rien à cacher, prouve-le…

J'étais en train d'exiger qu'il produise un enregistrement de sa voix parlant à quelqu'un d'autre. Il m'a regardé comme si c'était moi le fou qui vivait dans sa voiture.

J'ai lâché le nom d'Harmony. Il s'est tourné vers moi, il avait les pupilles rouges comme s'il était défoncé.

— Je n'aurais jamais dû te parler d'elle.

— Qui est-elle pour toi ?

— Écris-lui. Demande-lui pardon. C'est aussi simple que ça, parfois. Assumer les conséquences de ses actes. Être un *adulte*.

Mais quel âge avait-il, en fait, me suis-je entendu penser tandis qu'une corne de brume annonçait l'arrivée d'un nouveau train. Du bout des lèvres j'ai enfin révélé à Gabriel qu'il avait la même voix que mon père, non pas une voix qui me rappelait la sienne, mais exactement sa voix, sa voix ressuscitée.

— Quand tu parles, c'est lui que j'entends.

L'information a fait son chemin dans son cerveau sans que rien dans son attitude en trahisse l'itinéraire, ni la nature des pensées qu'elle soulevait, ni les mensonges qui se formaient en direct et moussaient silencieusement dans son sillage, pour me fournir un semblant d'explication cohérente.

— Wow, a-t-il lâché au bout d'une longue demi-minute.

Et dans son sourire consécutif auquel une incisive manquait, j'ai vu qu'il n'avait réellement aucune idée du pouvoir de sa voix.

— Mon père était un artiste, ai-je alors dit de but en blanc. Je viens de recevoir un lot d'esquisses de sa part.

— Un artiste qui faisait des déplacements ? a réagi Gabriel, sans malice, ce qui, d'une certaine manière, me blessait encore plus.

— Une dernière chose, lui ai-je demandé en posant mes doigts sur le loquet de la portière : est-ce qu'elle était vraiment infirmière, Gabriella ?

— Quoi ?

— Est-ce qu'il y a seulement eu une Gabriella ?

Il a soupiré en battant des paupières.

— C'est comme si elle n'avait jamais existé, tu as raison.

Je me disais, en sortant de sa voiture, que je n'aurais plus jamais affaire à lui, mais je me voyais tout aussi bien le suivre au bout du monde s'il me le demandait en insistant un tout petit peu.

Au bout d'une semaine je n'avais toujours pas parlé à Chelsea. Nous avions des secrets l'un pour l'autre. Quel couple n'en a pas ? J'étais encore très amoureux de ma femme. Au lieu de m'en réjouir et de passer l'éponge, je m'interrogeais sur ma propre absence de rancune et j'y voyais un mauvais signe, ou le signe de quelque chose de mauvais qui me dominait et m'entourait si totalement que je n'en percevais plus les contours.

Ma mère est revenue à Chicago au début de l'été, pour une dizaine de jours et seule cette fois-ci. Danilo avait eu un accident sans gravité mais les médecins lui conseillaient de garder le lit. Pour pallier l'absence de ma mère à ses côtés, ses sœurs se relayaient en lui apportant chaque après-midi un nouveau festin dans des Tupperware qui s'appelaient Reviens. On tenait beaucoup à ses Tupperware, dans ma famille maternelle.

Chicago, à la belle saison, était une autre ville. Nous prenions le bus sur Division Street et passions la journée à la plage, sous la surveillance de la Hancock Tower et de maîtres-nageurs de quinze ans qui passaient tout leur temps sur TikTok. Ma mère se faisait bronzer en maillot de bain. Elle se sentait rassurée par le nombre de femmes corpulentes qui se baignaient en combinaison pudique. À côté de crossfitteuses aux biceps saillants, des femmes voilées parlaient dans leur téléphone habilement coincé sous le bandeau de leur hidjab. Des familles hispaniques qui nous rappelaient la nôtre s'établissaient pour la journée avec des tentes, des chaises pliantes, plus de nourriture qu'il n'en fallait pour rassasier une ligue de football américain. Quel pays magnifique, s'exclamait ma mère, émue devant la variété des corps, des religions, des origines, évacuant d'un revers de la main mes objections. L'Amérique pour moi n'était qu'une juxtaposition de mondes en autarcie, une simple collection de décors. Le seul animal exotique dont j'espérais voir se lever le museau dans la brousse n'existait plus.

Le 4 juillet, nous avons fait le déplacement à Lincoln Park avec deux autres familles, nous mêlant aux patriotes en bikini rouge bleu blanc et aux joues maquillées de bannières étoilées. À l'ombre des grands arbres, les gens lançaient des Frisbee, marchaient en équilibre sur des élastiques tendus entre les troncs. Des groupes d'adolescents répétaient des chorégraphies et se filmaient en train de les exécuter avec les mâts des bateaux ou la skyline en arrière-plan. Dans la torpeur qui m'envahissait, malgré les cris, les voix nasalisées, les sonos rivales qui diffusaient du hip-hop ou des chansons mexicaines, j'ai repéré une sculpturale femme noire, très jeune et très grande, accompagnée d'un homme en claquettes et débardeur de cuir, qui portait un masque de doberman, une sorte de cagoule en Néoprène redoublée d'une muselière bleue amovible. Chelsea l'avait également remarqué, mais au lieu de le craindre elle souriait : ne m'avait-elle pas dit que ce n'était rien, que les gens s'habillaient comme ils voulaient, et aboyaient si ça leur faisait plaisir. Je redoutais qu'Elliott ne croise cet homme-chien qui avait autrefois peuplé ses cauchemars, mais un mouvement de foule l'a dérobé pour de bon à ma vue et à ma frénésie d'interprétations abusives.

Des feux d'artifice sauvages ont retenti tout au long de cette nuit étouffante, indistincts, pour moi, des coups de feu dont nous avons découvert, au petit matin, qu'ils avaient endeuillé une douzaine de familles. On rencontrait souvent, à Chicago, des mausolées de fortune sur le trottoir, une guirlande de photos plastifiées autour d'un poteau ou d'un arbre, et quelques mots, des bougies, des cœurs pour honorer la mémoire du préadolescent en question, victime d'une fusillade ou d'un règlement de comptes.

La veille du départ de ma mère, nous sommes retournés sur North Avenue Beach. J'étais en bermuda et lunettes noires, allongé avec mes coudes enfoncés dans le sable fin. Quand le soleil frappait trop fort, la plage m'aveuglait comme une banquise, et réduisait l'horizon à la colonne de reflets phosphorescents où ma mère apprenait à Elliott à nager. Soudain, il m'a semblé qu'une autre paire de bras assurait, par en dessous, le corps de mon fils allongé à la surface de l'eau. Ma mère discutait avec le propriétaire de ces bras. Je me suis levé et les ai rejoints aussi vite que je pouvais. C'était Gabriel. Rasé, aminci, il portait un tee-shirt blanc, comme un membre d'une communauté religieuse pratiquant des baptêmes aquatiques. Elliott faisait la planche en essayant de bouger ses pieds comme le lui enseignait ce revenant dont il avait mémorisé le prénom. Il n'avait pas peur, ma mère non plus. Gabriel avait le type d'ossature faciale qui inspire confiance.

Une petite fille de l'âge d'Elliott les a rejoints. Elle avait des longues tresses et nageait déjà parfaitement. Nous avons discuté une minute, le temps de nous assurer que tout allait bien dans nos vies respectives. Il nous a annoncé, en bombant le torse, qu'il avait décidé de rentrer chez lui, sur son île. Le volcan de son enfance se remettait à cracher de la fumée, cent vingt ans presque jour pour jour après la dernière éruption.

— Il m'appelle, a-t-il résumé avant de se rapprocher de moi, et de poser la main sur mon avant-bras.

Il pensait maintenant que c'était important, après avoir traversé les mers et vu le monde, de retourner à la maison. Ma mère acquiesçait, mais elle ne s'est pas lancée dans le numéro que j'attendais, palpation d'épaules, sourires et proclamations de connivence : la main de cet homme sur mon bras racontait une intimité intimidante, que nul ne pouvait réellement comprendre, à commencer par nous deux, qui en étions les seuls protagonistes.

J'allais surenchérir, je lui devais la vérité ; je ne croyais pas aux retours à la maison, aux retours au pays, mon pays natal n'était rien pour moi, il avait la forme d'un trou, celui qui avait englouti mon père, voilà tout. La fillette qu'accompagnait Gabriel, dont il ne nous a pas dit le prénom mais que j'imaginais être la fille de Gabriella, a voulu faire la course jusqu'aux plots et ils nous ont laissés barboter au bord du rivage, où l'on avait encore pied. Lorsque Gabriel a relevé son tee-shirt pour nager le crawl, j'ai aperçu le bas de son dos, sillonné de brûlures anciennes, profondes et, comme tout avec lui, inexplicables.

Les paupières de ma mère étaient rouges, elle reniflait en se détournant exprès de moi. Quand nous sommes rentrés en bus, après n'avoir rien dit pendant une demi-heure, elle a éclaté en sanglots. Je ne lui ai pas demandé pourquoi, si elle avait reconnu la voix de mon père ou si elle avait deviné, avec ses antennes invisibles, que j'étais devenu ami avec cet inconnu à cause de sa voix qui ressemblait à celle de mon père, à cause de cette stupide et pathétique coïncidence.

— Ton père n'était pas parfait, tu sais, a-t-elle murmuré quand je l'ai reconduite à l'aéroport, à la fin de ce séjour.

Parfait, je n'avais jamais suggéré ni pensé qu'il l'était.

— On ne vivait pas avec lui : on survivait. Si tu savais tout ce qu'on a perdu à cause de ses rêves de martingale…

Ce mot s'associait à des souvenirs trop précis en elle : un coin de sa lèvre supérieure s'est soulevé en signe de dégoût. C'était la première fois qu'elle enchaînait trois phrases sur l'ancien homme de sa vie. Elle ne voulait pas en dire une de plus et je ne voulais pas lui faire de la peine, ou m'en faire à moi-même en la brusquant et en découvrant les contours hideux de l'effigie de mon père, qu'elle avait fabriquée et brûlée pour que nous ne nous consumions pas à sa place. Comment le lui reprocher ? Comment reprocher quoi que ce soit à ma mère, si volubile qu'elle paraissait intarissable ? Un jour viendrait, pourtant, où j'aurais oublié le timbre de sa voix à elle aussi.

À la fin du mois d'août, des tempêtes à répétition ravageaient le Midwest. Un orage pouvait inonder un quartier entier en quelques minutes et nos téléphones vibraient en permanence pour nous avertir de conditions extrêmes. Les fameuses sirènes anti-tornades alertaient jusqu'aux résidents du Loop. Le petit minois d'Elliott, attentif, toujours vaguement inquiet, absorbait ces paysages d'apocalypse comme s'ils avaient la beauté du tout premier matin du monde.

Nos pensées se rencontraient encore souvent, surtout quand nous faisions le marché de Logan Square, le week-end. Aux petits producteurs locaux se greffaient des vendeurs d'huiles essentielles et de tableaux New Age. Je suivais Elliott et repérais ses mouvements de tête, les bouquets qui l'intéressaient, les marchands sans clients qui l'attristaient. *Daddy, look*, disait-il en s'arrêtant carrément devant un étal proposant des snacks pour chiens avec pas moins de cinq ingrédients ! Il me souriait avec une timidité nouvelle, qui m'effrayait.

Un jour, il m'a demandé si nous avions une autre vie à part celle-ci. Je lui ai expliqué qu'il n'y avait rien après la mort, de même qu'il n'y avait rien avant que nous naissions, mais il voulait parler d'autre chose. Ses considérations auxquelles se mêlait le mystérieux calendrier du Père Noël m'ont découragé de poursuivre ma leçon d'athéisme. Comment se débrouillait-il pour lire les lettres de tous les enfants ?

— Et ne me parle pas des lutins, s'il te plaît.

Nous avons fêté son cinquième anniversaire en tout petit comité, lui, sa mère et moi, puisque la plupart de nos amis avec enfants étaient en villégiature sous des latitudes plus clémentes. Elliott était tout spécialement câlin avec moi ce soir-là, je lui avais préparé ses pâtes préférées et un gâteau au chocolat maison. Après avoir soufflé ses bougies, il est venu se lover dans mes bras et m'a proposé d'en mettre une dans l'évier, comme il m'avait vu le faire avec mamie Yaya ; quand je lui ai demandé pourquoi, il m'a dit qu'il voulait qu'on n'oublie pas mon père, même s'il ne l'avait jamais connu. Chelsea a paru aussi stupéfaite que moi. Nous nous sommes embrassés, plus chaleureusement qu'à l'accoutumée, et j'ai débarrassé la table. Quand je suis remonté, le tonnerre faisait frissonner nos vitres et la flamme au fond de l'évier.

Après lui avoir lu son histoire, je suis allé dire bonne nuit à Chelsea qui se démaquillait dans notre chambre. Dans le miroir circulaire j'ai vu qu'elle se composait un air innocent avant de m'interpeller. Je n'avais pas envie d'entendre un faux « au fait », comme si elle venait de penser à ce qu'elle préparait en réalité depuis plusieurs minutes, voire plusieurs heures.

— Au fait, je voulais te dire pardon. D'avoir tellement insisté pour que tu voies quelqu'un.

J'étais hagard, elle a dû croire que je n'acceptais pas ses excuses.

— Finalement, ceux qui disparaissent sans laisser de traces en laissent beaucoup.

J'avais un merci solennel et sincère sur le bout de la langue ; il y est resté.

— Je descends.

Je lui ai fait un baiser sur le front et je suis retourné au rez-de-chaussée pour regarder la télé.

À la maison, quand j'étais petit, le poste restait allumé en permanence. J'aimais encore que des couleurs vives et floues me tiennent compagnie, surtout si elles tenaient compagnie à des millions d'autres rétines en même temps qu'à la mienne. J'ai zappé sur une chaîne au hasard, qui diffusait une sitcom des années 1970. Je pensais aux rieurs derrière les rires enregistrés. Ils étaient tous morts, à présent.

Quand j'en ai eu assez, j'ai éteint. Je pouvais voir mon reflet dans l'écran noir. Elliott avait cinq ans. Je n'avais aucun souvenir de mes cinq ans, en aurait-il des siens ?

Les oiseaux du soir peinaient à faire entendre leurs protestations par-dessus le bourdonnement des climatisations. Les roues des voitures qui passaient dans la rue crissaient avec un sifflement qui m'indiquait que la chaussée était mouillée, maintenant, qu'il s'était remis à pleuvoir et qu'il valait mieux prendre un K-Way, or mon seul K-Way était suspendu dans mon armoire de l'étage.

Chelsea était allongée de son côté du lit, déjà endormie, un gros livre ouvert posé sur sa poitrine. Elle avait encore ses écouteurs sur les oreilles, diffusant de la musique électronique d'un genre qu'elle n'aimait pas vraiment ; l'algorithme de Spotify qui enchaînait les morceaux à l'infini n'était pas infaillible. Je lui ai retiré les écouteurs avec précaution. J'ai posé le livre sur la table de nuit, puis abaissé le masque de sommeil sur ses yeux. Mes passeports et les esquisses de mon père dormaient dans le coffre-fort que j'avais déménagé à la cave après en avoir changé le code. Je suis allé les récupérer, les ai fourrés dans mon sac à dos et puis je suis sorti dans la nuit moite en fermant derrière moi à double tour. J'ai glissé la clé par l'ouverture de la porte destinée aux prospectus et au courrier. Du trottoir d'en face, en me retournant une dernière fois, j'ai cru voir la silhouette d'Elliott à travers la moustiquaire de sa fenêtre du premier étage, grand ouverte malgré la clim et ce que je lui avais répété un million de fois sur les cambrioleurs et l'escalade.

Chelsea a dû trouver les mots. La déflagration de la disparition de mon père avait creusé un abîme dans mon cœur, qui s'était agrandi d'un coup, comme l'accroc sur un tissu qu'on ne peut se retenir d'éprouver, de tester, jusqu'à la catastrophe, l'inexorable déchirure.

Je ne compte plus les années qui se sont écoulées depuis cette nuit d'août.

Je ne compte plus les années.

Il y a quelques semaines, peut-être beaucoup plus, un jeune homme que je n'avais jamais remarqué dans la région est arrivé par l'autocar du matin. D'après l'épicier, il parlait anglais avec un accent américain, mais aussi plein d'autres langues, y compris la nôtre. Les passants à qui il posait ses questions perdaient patience avec des torsions de poignet typiques des gens du coin. Ils ont la voix dodelinante et des yeux doux. Ils me ressemblent tous physiquement, mais je suis un étranger parmi eux et je ne sors pas en journée, pour éviter les tentations au détour d'une conversation impromptue.

Quoique délabrées, la plupart des maisonnettes accrochées à flanc de montagne possèdent une dalle qui relie leur terrasse suspendue au bord du vide à la route en lacets décapée. Ses nuages de poussières conduisent les amateurs de sommets et de panoramas à 1 400 mètres d'altitude – le point culminant du massif. Il n'y a pas de touristes dans ce pays, mais le taux de fécondité est tel qu'il faut sans cesse construire, étendre les villes, agrandir les villages, grignoter la campagne. Ainsi prolifèrent les immeubles érigés à la hâte, dans des zones inondables, sur des terrains instables. Les familles emménagent alors que le béton est encore apparent et les balcons pas terminés. Le réseau de petits commerces et la circulation s'étoffent à une allure préoccupante. Aux murs de mon logement, dans un HLM en périphérie du bourg de haute montagne où mon père a vu le jour au siècle dernier, des croquis jaune et noir témoignent du pays, son pays, avant que la surpopulation ne le déforme. Personne ne les a admirés car personne n'a jamais mis les pieds ici, au rez-de-chaussée de ce bâtiment où tout défaille, l'électricité en premier lieu, mais l'électricité ne me sert plus à rien, j'en viens même à préférer les coupures, quand les télés de l'immeuble restent muettes et que les gamins sortent dans la cour pour taper dans des ballons crevés, sous l'œil de chiens recrus de fatigue. Parfois, quand c'est l'eau qui est coupée, les gentilles familles des étages supérieurs me font porter un jerrican par leurs adolescents. J'attends qu'ils aient détalé pour m'en emparer. Mais quand le jeune Américain, après avoir arpenté les parages pendant deux jours, s'est matérialisé dans le globe déformant de mon judas, mes mains se sont mises à trembler et j'ai su que rien ne pourrait jamais les apaiser si je ne lui ouvrais pas.

Je n'ai pas eu le temps de cacher ou d'arracher les esquisses. Après avoir eu peur qu'il frappe, j'avais trop peur qu'il s'en aille.

Je portais mes lunettes d'aveugle ; les riverains me prennent pour un aveugle depuis si longtemps que j'en arrive parfois à croire que je ne vois pas ce que je vois, pas au présent du moins, comme si les images se formant dans mon cerveau avaient déjà été sélectionnées par une mémoire, possiblement la mienne, dans un futur dont je ne saurais pas dire s'il précède ou succède à la mort.

À côté de la porte, ma canne télescopique était dépliée, prête à l'usage, comme toujours, le simple fait de balayer le sol en avançant me dispense de devoir justifier oralement de mon handicap après m'être trahi avec un coup de tête trop spécifique pour un non-voyant ou, pire, un irrépressible sourire à un inconnu.

Je ne souriais pas quand le jeune homme, qui n'était pas un inconnu, m'a demandé la permission d'entrer et d'utiliser son logiciel intégré qui traduisait les phrases qu'il concevait dans la langue de son choix. J'ai levé les mains, pour qu'elles cessent de s'agiter au moins autant que pour faire croire que je ne comprenais même pas cette requête liminaire. Il a scanné ma silhouette rabougrie, mon torse hérissé d'une toison de poils blancs. Une veine pulsait sur mon poignet décharné. La barbe qui mangeait mon visage était tellement hirsute que même ma mère ne m'aurait pas reconnu si elle s'était pointée sur le seuil de ma porte à la place de ce grand garçon à la peau et aux cheveux clairs.

Il a mimé une tasse de café et a profité d'un instant d'hésitation de ma part pour me dépasser et s'introduire dans mon studio. J'ai senti qu'il rougissait en faisant le tour du propriétaire. Les plantes qui dévoraient mes murs occupaient également les deux tiers de la surface au sol, recouvert de tommettes censées mieux conserver la fraîcheur que les sols en bois ou en béton. Entre les tiges qui grimpaient et s'infiltraient partout, les feuilles à larges bords qui se chevauchaient, luttaient à mort pour leur ration de lumière, l'œuvre inachevée de mon père s'affichait, d'humbles et fidèles vues du coin, telles que les aurait croquées un médiocre artiste local : paysages montagnards qui pouvaient être ceux de n'importe quelle montagne de cette région du monde, frondaisons d'arbres secs, faune incorrectement représentée, et surtout le belvédère au sommet, sujet de l'esquisse la plus ambitieuse du lot, cherchant à embrasser la mer et le désert en un seul regard panoptique. Ils ne se révèlent jamais ensemble, dans la réalité. J'ai vérifié. C'est pourtant devant ce dessin fantaisiste et stupide que s'est arrêté mon visiteur. Je sentais qu'il avait deviné, qu'il *savait.* J'entendais son cœur bondir dans sa poitrine.

— Je viens de loin, a-t-il dit dans une des langues qui se parlent ici, et dans laquelle il s'exprimait sans accent, comme s'il l'avait apprise enfant.

J'avais lu plusieurs articles sur les implants neuronaux qui étaient en train de conquérir l'hémisphère Pacifique, mais c'était la première fois que j'assistais à une démonstration en chair et en os. Ce cerveau amélioré dictait des ordres aussi précis aux muscles les plus infimes, autour de la bouche, par exemple, que nos vieilles et fastidieuses cervelles à qui des années, des décennies de pratique étaient obligatoires pour prononcer parfaitement les sons d'une langue étrangère.

Mes lunettes noires ne m'avaient jamais été aussi utiles que lorsque je me suis dirigé vers la cuisine pour lui préparer du café. Il s'est assis sur la chaise unique du studio, que je déplace tantôt au bord de ma fenêtre grillagée pour entendre crier les oiseaux, tantôt devant la table où je mange seul, tous les jours à cinq heures de l'après-midi, un repas me suffisait amplement avant que je n'entreprenne la rédaction de ce mémoire.

— Cela fait deux ans que je suis à la recherche de quelqu'un, a bégayé le jeune homme en posant une photo sur la table.

J'ai pris soin de ne l'accompagner d'aucun mouvement de la tête ou des yeux, pour qu'il réalise tout seul que j'étais non-voyant et que je ne savais rien de lui et de son beau visage aux lèvres pleines, aux grands yeux francs, animés, vigoureux, ceux d'un homme chaleureux, qui avait le goût des autres et qui saurait donner et recevoir de l'amour avant de ne plus pouvoir le faire. Étaient-ils eux aussi augmentés, ses yeux qui me reluquaient sans gêne, comme s'ils savaient qu'à travers mes verres noirs, en fait, moi aussi je l'observais ?

Une coupure de courant, la deuxième de la journée, a provoqué un tollé dans tout le quartier. Les télés ont brusquement cessé de bourdonner. La seule source de lumière artificielle de la cuisine, un plafonnier avec des ampoules de basse intensité, n'a modifié aucun angle du visage de mon visiteur en s'éteignant. Il a continué de parler sans boire une seule gorgée. J'ai continué d'incliner la tête vers le sol en l'étudiant sans qu'il s'en aperçoive. À la place de ses mains d'homme qui tapotaient dans le vide, je revoyais des petits poings de bébé, charnus comme des abricots, qui remuaient depuis le fond d'un siège auto, sur une route côtière d'un continent lointain.

Les pales du ventilateur, au plafond, achevaient mollement leur dernier tour. Au bout de cinq minutes, enfin, comme je ne disais rien, dans un sens ou dans l'autre, comme les sons restaient emprisonnés au fond de ma gorge sèche, il m'a présenté ses excuses pour le dérangement et s'est dirigé vers la porte, à pas comptés, espérant jusqu'à la fin que j'allais crier STOP !, le prendre dans mes bras et changer le cours de l'histoire.

Cet ouvrage a été mis en pages par

<pixellence>

CET OUVRAGE
A ÉTÉ ACHEVÉ D'IMPRIMER
SUR ROTO-PAGE
PAR L'IMPRIMERIE FLOCH
À MAYENNE EN DÉCEMBRE 2024

N° d'édition : 646109-0. N° d'impression : 106009
Dépôt légal : janvier 2025
Imprimé en France